...entimes l'Ouvrage complet.

Collection "In Extenso"

JACQUES DES GACHONS

MON AMIE

LA RENAISSANCE DU LIVRE

78, Boulevard Saint-Michel. — PARIS

MON AMIE

JACQUES DES GACHONS

MON AMIE

ROMAN

A mon Camarade

PIERRE DE QUERLON

PARIS

LA RENAISSANCE DU LIVRE

ÉD. MIGNOT, ÉDITEUR

78, BOULEVARD ST-MICHEL, 78

JACQUES DES GACHONS

Jacques des Gachons, d'une très vieille famille berrichonne, est né à Torcé, dans la Sarthe, le 31 janvier 1868. C'était le poste de début, comme fonctionnaire, de son père qui continua sa carrière dans l'Indre où sont nés ses autres fils, André, le peintre délicieux, Louis-Didier, l'ingénieux constructeur et Pierre, qui, sous le pseudonyme de Pierre de Querlon, signa quelques œuvres parfaites et puis mourut, trop tôt pour les Lettres Françaises.

Dès son arrivée à Paris, Jacques des Gachons fit du journalisme, fonda une revue, *L'Album des Légendes* et même un théâtre, le Minuscule, dont les représentations, soit dans les salons, soit en public eurent un vif succès à cause surtout des originaux tablautins lumineux d'André des Gachons.

Secrétaire de rédaction de l'*Ermitage* avant de l'être de *Je sais tout*, Jacques des Gachons partagea son temps dès 1899, entre ses travaux littéraires et ses fonctions de journaliste. Il désirait faire du théâtre et ses premières pièces jouées *Le Pape et l'Empereur* (souvent repris), *La Dinette*, *Pour mieux rompre*, prouvèrent qu'il était doué, mais ses manuscrits s'accumulant inutiles, il renonça bientôt à une carrière qui demande de plus en plus des facultés d'homme d'affaires dont Jacques des Gachons n'est, sans doute, pas assez bien pourvu.

Il débuta comme chroniqueur au *Télégraphe* et au *Voltaire*. Depuis il collabora au *Figaro*, au *Gaulois*, à l'*Éclair*, à l'*Univers*, au *Soleil* et à presque toutes les revues littéraires de son temps.

C'est la publication à l'*Écho de Paris* de son roman *Mon Amie* qui attira sur lui l'attention du public lettré. C'était en 1901, quelques critiques signalèrent le livre qui fit sa trouée : l'auteur pouvait avancer, la voie était ouverte.

Depuis lors, assez régulièrement, Jacques des Gachons, nous offre un livre et établit sa renommée, marche à marche : c'est tour à tour *Notre bonheur* (1902) ; la *Maison des dames Renoir* (1904) ; *Rose ou la fiancée de province* (1905) ; le *Mauvais pas* (1906) ; le *Roman de la vingtième année* (1907) ; le *Ballon fantôme* (1908) ; *Frivole* (1909) ; le *Chemin de sable* (1910) ; la *Mare aux gosses* (1911) ; la *Vallée bleue* (1912) ; *Vivre la vie* (1913).

Quelques-uns de ces ouvrages sont destinés à la jeunesse que nos romanciers négligent trop souvent.

D'ailleurs les romans de Jacques des Gachons sont toujours d'une plaisante discrétion. Lorsque, en 1911, la Société Académique du Centre le reçut, Jacques des Gachons ayant choisi pour thème de son discours : la *Littérature de bonne compagnie*, le président M. Tony Bouillet lui répondit: « Vous êtes orfèvre, M. Josse. » Jacques des Gachons s'en fait gloire : jamais il n'oublie qu'un auteur est *responsable* de ce qu'il donne à lire au même titre qu'un boulanger ou qu'un boucher de ce qu'ils vendent. C'est le *Disciple* de Paul Bourget et sa belle préface qui lui mirent la plume à la main et le jeune romancier

se fit dès ce jour-là le serment qu'il n'écrirait que des livres vivifiants, jamais des livres empoisonnés.

Lorsque parut la *Maison des dames Renoir*, M. Chantavoine, dans les *Débats*, décrivit longuement le caractère de héros : « Au point de vue littéraire et philosophique, il est curieux, original, nouveau, puisque nous échappons avec lui à la triste lignée des héros de roman du naturalisme déterministe pour voir à l'œuvre un jeune dompteur de la vie et un héros de la volonté. C'est là ce qui m'a le plus attaché dans le nouveau livre de M. Jacques des Gachons et ce dont tout lecteur fatigué de la littérature inutile et creuse lui saura le plus gré. »

Le *Chemin de sable*, que devait couronner l'Académie Française, obtint d'abord une presse magnifique. Tous les critiques, sans exception, louèrent ce roman « riche de substance, de sagesse, d'humble vérité. » Le mot est de Marcel Ballot dans le *Figaro*.

Cet ouvrage avait paru dans *le Correspondant*; le suivant, *la Vallée bleue*, fut offert aux lecteurs de *la Revue des deux mondes* qui reste, au point de vue du roman, la revue qui consacre le talent. Et l'accueil qui lui fut fait alors n'était que l'heureux prélude du succès qu'obtint le volume.

La paix qui se dégage de la *Vallée bleue* est cependant troublée à nouveau et Jacques des Gachons en a fait le thème d'un second volume *Vivre la vie* plus dramatique et non moins original.

M. Jacques des Gachons sait aussi condenser en un court récit les drames et les comédies qu'il observe dans la vie contemporaine. La *Revue de Paris*, la *Revue bleue*, *Je sais tout*, le *Figaro*, le *Petit Parisien*, etc., donnent des contes de lui. Quelques-uns ont été réunis sous le titre de la *Mare aux Gosses* et qui sont certainement parmi les plus caractéristiques et les plus piquants qu'on puisse lire.

Jacques des Gachons a donc déjà un beau bagage et nous sommes heureux de donner à nos lecteurs avec, *Mon Amie*, l'un de ses plus charmants romans.

Pierre de Querlon a écrit sur les « Écrivains tranquilles » une page que l'on pourrait appliquer à son frère aîné et celui-ci sera certainement touché de relire ici : « Il est évident qu'un grand nombre de romanciers ne considèrent pas le métier d'écrire comme un art, et le résultat comme un plaisir. Tout au rebours, les écrivains tranquilles estiment que le divertissement du roman ne doit pas seulement être la part du lecteur, mais de l'auteur lui-même. Ils trouvent une joie à inventer des personnages amusants, à les faire vivre dans des paysages amènes, à en tirer des réflexions aimables, à tout exprimer enfin dans une langue aisée et claire. Ils ne s'abaissent point pour faire rire et ils ne se haussent point pour étonner : ils imaginent être leurs propres lecteurs. Ils écrivent complaisamment. »

Jacques des Gachons écrit *complaisamment*, c'est-à-dire pour faire plaisir à ses lecteurs. Légitime et charmante ambition.

MON AMIE

> *Un mot sincère n'a jamais été entièrement perdu.*
>
> EMERSON.

I

OU LE LECTEUR CROIRA D'ABORD QUE CET OUVRAGE EST UN ROMAN MILITAIRE, MAIS SERA VITE DÉTROMPÉ.

J'entreprends de raconter ici, chapitre par chapitre, une double aventure qui date déjà de quelques années. Si ma mémoire en modifie certains détails, ce sera à mon insu. Je n'arrangerai rien. Mon récit sera loyal. Cet aveu initial expliquera les apparentes maladresses de la composition, le déséquilibre des épisodes. Je veux être vrai : pas à pas, je veux suivre ma vie, imitant son allure, tantôt lente, tantôt précipitée.

Aussi convient-il de lire ces pages non pas comme un roman bien agencé et dont le sujet est strictement délimité, mais plutôt comme le récit d'un voyage fait un peu au hasard : les petits événements s'y encadreront de paysages connus et de réflexions peu révolutionnaires.

Tout y est modéré, jusqu'au style. Je suis né au pays des plaines et je ne puis comprendre ni la montagne, ni l'emphase, ni les grands orgueils.

Celle qu'évoque le titre de mon livre : « Mon Amie », n'apparaîtra qu'au cinquième chapitre. Rien ne la fera deviner auparavant. Je préfère en avertir le lecteur pressé. Mais les quatre premiers chapitres ne seront point inutiles : ils ne seront peut-être pas dépourvus d'agréments personnels, et puis il convient que vous fassiez, par eux, la connaissance du personnage principal qui, vous l'avez deviné, n'est autre que moi-même, Robert Miral, modeste héros pour qui vous serez pleins d'indulgence.

Car, en retraçant consciencieusement ces Souvenirs, je me doute bien qu'ils auront un jour un petit public. Qui n'a pas son petit public ? C'est pourquoi je n'ai point débuté par la première phrase courante des Mémoires :

« Ceci n'est pas écrit pour être lu. »

Quand je quittai Paris pour la caserne, je n'aimais personne particulièrement.

Je faisais la navette entre diverses petites intrigues, mais je n'aimais pas. Nul cœur ne saigna de mon départ, pas même le mien. D'ailleurs, je n'allais pas loin : à une heure, dans la banlieue.

Le sort m'avait désigné pour un petit for des environs de Versailles.

Quand il convient, je m'acclimate vite aux circonstances et aux gens. Et ma nouvelle vie ne me déplut pas immédiatement.

J'accepte d'assez bonne grâce l'inévitable et le fait accompli.

D'être tutoyé par des gens avinés ne me parut pas monstrueux, mais assez normal et je mis beaucoup de conscience, le second matin, à balayer la chambre.

J'ai un amour de l'ordre qui se plie très bien aux petites besognes que l'on a coutume de désigner du nom flétrissant de corvées. Ma docilité et ma passive application exaspéra un « rabioteur », nommé Tarau.

On appelle ainsi un soldat qui accomplit, en plus de ses trois années réglementaires, autant de jours de « rabiot » qu'il en a passé en prison. Celui-là devait encore porter cent vingt jours la capote. C'était l'indiscipline faite brute. D'un violent coup de godillot, il envoya à travers la chambre la boîte que je venais de remplir de poussière, de paille, de croûtes de pain et de toutes sortes de reliefs de repas et il me cria, en pleine rage, le visage congestionné à un pouce du mien :

— Espèce de bourgeois ! Espèce de vendu ! Regarde-moi, j'ai encore cent vingt jours à tirer... Eh bien, je te promets de te faire danser pendant ces cent vingt jours-là... Et maintenant balaye !...

Et, d'un nouveau coup de pied, il lança mon balai par la fenêtre.

Cette petite scène avait fort égayé nos camarades, et le caporal, en particulier, se tordait sur son lit, en poussant des petits cris de rire forcé.

Le soir, nous étions tous les trois, Tarau, le caporal et moi, attablés dans un caboulot voisin du fort, chez le père Nicolas. Cette journée s'acheva dans du vin chaud. J'étais un résigné, un calme, — un flasque, si vous voulez. Je souriais de la conclusion bonne fille de cette dispute absurde.

Mais je n'ai point dessein de composer un roman de mœurs militaires. J'avoue avoir conservé, de ces « heures mauvaises », un souvenir très peu net. On m'a montré des lettres que j'écrivais alors et où je m'exaltais beaucoup trop. De bonne foi, je croyais devoir garder en moi la trace ineffaçable des « horreurs » traversées. Et aujourd'hui, après six ans à peine, les détails m'échappent. Mes propres aventures ressemblent à ces livres médiocres, lus en cachette, au collège, et dont le titre, à peine, reste dans la mémoire. Il y a des catégories d'événements dont l'esprit se hâte de faire son profit pour les chasser, ensuite, comme certains fruits qui ne contiennent qu'un minuscule noyau et dont on jette l'énorme coquille.

En arrivant au fort, j'étais d'aspect plutôt efféminé. Mes quatre années de Paris en étaient coupables, délicieusement coupables. Mes poings étaient peu robustes et mon esprit était tourné vers la paix et les concessions. Je me rangeais à l'avis de chacun et je distribuais à la ronde de fraternelles cigarettes. J'étais donc la victime logiquement désignée : n'avais-je pas l'échine laineuse du mouton qui marche vers l'autel et le couteau ?

Aujourd'hui, je rends grâce à la Providence des justes tracasseries à quoi j'étais en butte.

D'ailleurs, Tarau fut seul délégué à ma régénération.

J'ai très peu souffert par la faute des sous-officiers : l'adjudant, même, qui se découvrit mon compatriote, devint un protecteur intermittent. Quant à mon capitaine, j'en ai conservé un souvenir charmant : c'était un homme instruit et intelligent. Plusieurs fois il se laissa aller avec moi à des causeries pleines de bon sens et d'esprit gaulois et ragaillardissant. Malheureusement, on le regretta vite : il partit en mission et le lieutenant qui devint commandant d'armes était un officier mesquin et taciturne que personne n'aima.

Deux semaines s'étaient passées depuis mon arrivée au fort. Les heures du jour coulaient assez rapidement, découpées en tranches d'activité : exercice, théorie, marches, gymnastique, garde, repas. Les nuits étaient de plomb. Mon appétit se développait avec une puissance qui m'amusait. Ah ! les merveilleuses gamelles que j'ai englouties là ! Car le portier-consigne qui tenait la cantine ne donnait pas à manger. Tout le monde, jusqu'à l'adjudant, vivait à « l'ordinaire ». Mes jambes se fortifiaient, mes joues s'empourpraient ; je sentais ma poitrine se tendre. La vie végétative m'avait saisi. J'en arrivais à être heureux, depuis le clairon de cinq heures, au petit jour frais, jusqu'à la pipe du soir, avant l'extinction des feux.

Notre fort était situé à une bonne demi-heure de Jouy-en-Josas, c'est-à-dire du reste de l'humanité.

Après les fatigues de la journée, nous devions donc nous contenter de la cantine humide ou de l'auberge malpropre, au hameau poussé à l'ombre de nos talus... Et vous devinez bien que, dans ces endroits-là, les distractions manquent totalement.

Je passais les premières heures de liberté à visiter en cachette cette boursouflure verdâtre du sol qu'on appelle un fort. J'y pris un plaisir modéré. On ne juge pas bien ce qu'on voit de trop près. Simple curieux, venu de Paris pour m'instruire, je n'aurais pas manqué de m'émerveiller de cette pittoresque vie souterraine, de ce labeur qu'on ne soupçonne même pas de la route voisine, à deux cent mètres de là. Mais je faisais partie de cette machine de guerre. Je passais dix fois par jour sous ces voûtes sonnantes ; aux poses, après les heures d'exercice, je m'asseyais sur les glacis de ces fossés ; je marchais les nuits de garde sur le dos de cette poudrière ; je dormais enfin sous ce toit de gazon... Il me manquait le recul nécessaire à un jugement sain. Et puis l'habitude émousse vite les impressions : le meunier n'entend plus ni le bruit de l'eau sur les roues, ni le ronronnement des meules ; l'aménité de ma prison m'échappait.

Aussi, le troisième jeudi, je songeais à m'organiser un dimanche amoureux. Ce n'est point que la nécessité me poussât. Le soldat peut assez longtemps rester chaste. C'est par raisonnement que j'arrivai à me découvrir ce besoin. Il me semblait n'avoir pas vu de visage féminin depuis plusieurs mois. On a déjà observé que l'éloignement dans l'espace est plus douloureux que l'éloignement dans le temps. Dans mon sous-sol de Villeras, j'avais vieilli très vite. Parce que j'avais oublié le goût de mon dernier repas, je crus avoir faim.

Je ne pouvais songer à aller à Paris, — le jeune soldat n'a pas de permissions, — mais il me serait certainement possible de descendre jusqu'à Jouy où je pouvais fixer un rendez-vous.

Je me réfugiai à la cantine, et, sur un vilain papier jaunâtre, avec une encre à peu près de même couleur, j'écrivis à deux de mes petites amies de Paris : une gentille modiste futée, Henriette, que je ne pus jamais voir sans sa sœur, — et une belle fille, Rosella, qui chantait les deuxièmes gommeuses au concert de l'Eldorado. Je me disais, candidement : « Si toutes deux acceptent l'excursion, il sera toujours temps, samedi, de décommander l'une par télégramme. »

Je reçus deux lettres.

II

OÙ ROBERT FAIT — GRACE A DEUX LETTRES —
UN RETOUR SUR SON PASSÉ AMOUREUX.

Faute de mieux, je passai mon dimanche en compagnie de mes deux lettres.

L'une était signée de mes petites Siamoises, Constance et Henriette, qui s'excusaient, « vu le travail », mais me donnaient de jolis détails au sujet de l'utilité de la flanelle (elles se souvenaient d'une prosaïque confidence). Une phrase me fit sourire :

« Vous savez, nous avons été, ma sœur et moi, bien surprises et amusées de vous savoir au régiment ; car vous ne nous avez pas averties. Vous devez être drôle en militaire !... »

Ainsi j'avais oublié d'avertir mes petites modistes. C'était bien mon fait : je partais pour un an et je ne prévenais pas mon entourage amoureux. C'est que je ne prévoyais pas qu'un grand changement dût se faire dans mon existence. Je vis au jour le jour, pas très impressionné par le passé, pas très préoccupé du présent, pas très inquiet de l'avenir... J'avais des occupations à Paris, peu nettement déterminées : je suivais des cours au Collège de France et passais des examens de droit, tout en collectionnant des matériaux pour une histoire du théâtre de salon au XVIII° siècle ; ces occupations se changeaient en service militaire ; il n'y avait pas lieu d'en aviser le monde civilisé.

J'avais dû raisonner de la sorte :

« Je ne vois Henriette qu'une fois par quinzaine. C'est bien le diable si, de ma garnison versaillaise, je ne puis aller tous les quinze jours à Paris. »

Mais avais-je même raisonné ? Je suivis tout bonnement mon caractère qui n'aime pas à troubler les gens. Je n'attache pas une grande importance à mes propres actions : comment oserais-je en imposer l'examen à des amis qui n'ont que faire des soucis d'autrui et des aventures du voisin ?

Et voyez comme Henriette prend aisément son parti de mon changement de tailleur :

« Vous devez être drôle en militaire. »

Chère petite Henriette ! Il faut que je vous fasse son portrait : c'était un petit nez retroussé, au-dessus d'une bouche qui se fronçait à chaque instant le plus joliment du monde. Je n'aime guère les nez retroussés : j'adorais celui-là... Henriette avait, par surcroît, des yeux gris, vifs et drôles, et elle parlait à tort et à travers de choses qui ne pouvaient m'intéresser, clientes, modes, potins de palier ; mais la voix était une musique d'oiseau. Au demeurant, une demoiselle très sage, qui ne m'avait accordé de sa petite personne que ses mains, ses joues et un peu de sa nuque.

La seconde lettre était brève, mais pleine de poudre de riz rose :

« Tu n'y penses pas, mon grolout : tu sais bien que nous avons matinée! Viens plutôt, toi. N'oublie pas de m'envoyer un bouquet. Plus on reçoit de bouquets, plus on est cotée par le directeur. Et puis ça fait bisquer « les autres. » Hier soir, figure-toi, j'ai doublé la Camara, dans la petite pièce. Ce qu'elle doit être furieuse!... »

Ma Rosella oubliait complètement de me parler de moi. Du reste, je crois bien que je n'en fis pas la remarque sur-le-champ. Je connaissais si bien Rosella ; je la savais si complètement incapable de se passionner pour autre chose que son petit train de vie personnel! Ce n'était pas qu'elle eût mauvais cœur. Elle ne pensait ni à être méchante ni à être bonne. Elle vivait d'heure en heure, tour à tour ennuyée ou occupée de menus faits. J'étais pour elle, un bon camarade, pas jaloux, assez gai à table, et payant bien régulièrement sa petite chambre meublée. Je n'avais pas beaucoup plus d'importance que le concierge du théâtre, que le régisseur, que la Camara, que le *Petit Parisien*, que Mᵐᵉ Beslay, la modiste, que M. Arthur, le professeur de chant. Je n'étais qu'un des losanges de cette complexe mosaïque sur laquelle se mouvait Rosella la gommeuse, Rosella aux belles hanches.

Je ne puis résister au plaisir de vous faire profiter de sa passagère beauté. Elle est maintenant mariée en province et doit avoir oublié les soucis de n petit ménage et ses quelques jours de gloire.

Car elle allait devenir célèbre, — de cette célébrité parisienne qui naît de la publicité. Tout à coup, sans raison, un nom, au-dessous d'un portrait, éclate sur les murs ; tout le monde le répète, comme on fait des noms d'apéritifs nouveaux et des digestifs inédits. Des épithètes poussent alentour. La mode s'en mêle. Les avant-scènes se vendent aux enchères les soirs de gala. La foule se précipite, hostile et curieuse, puis docile. Les étrangers suivent la foule sans comprendre, confiants. Une saison passe ainsi. Tout cela coûte une dizaine de mille francs, quelquefois plus ; à l'automne, il y a des pluies, des événements font diversion, les affiches pendent lamentablement et tombent par lambeaux. Une nouvelle étoile a trouvé un bailleur de fonds. La vogue ne tient qu'à la colle de pâte : les changements de temps ne lui valent rien.

Rosella eut son hiver, son été... mais quand je la connus, elle chantait à huit heures et demie dans un petit concert aux environs de la gare Saint-Lazare. Elle gagnait vingt-cinq francs par mois, somme qu'elle touchait rarement dans son intégrité : on vivait, dans cette maison, sous le régime des inévitables amendes. Elle rentrait chez elle — à pied le plus souvent — vers une heure du matin, car elle figurait dans la revue qui terminait le spectacle et elle habitait boulevard Beaumarchais. Si bien que, pour environ cinquante centimes, elle donnait quatre heures et demie de ses soirées, sans parler des deux ou trois heures d'après-midi, pour les répétitions.

Le soir, elle arrivait à « son théâtre » dès huit heures moins le quart, se maquillait, revêtait sa robe de gommeuse, chantait son unique chanson devant le piteux public qui arrive pour le commencement du programme, puis attendait jusqu'à dix heures pour enfiler le maillot d'une « actualité ».

Elle rentrait chez elle harassée, mais visiblement contente et un peu fière.

Grâce à mes « relations » avec le secrétaire-régisseur de l'endroit, j'avais accès dans les coulisses. La loge de Rosella, fort exiguë, était cependant occupée par douze jeunes femmes qui jouaient dans la revue.

Figurez-vous une pièce d'à peu près quatre mètres de profondeur sur trois de large et guère plus de deux en hauteur, ceinturée d'une planche-lavabo, supportant douze petites glaces et douze boîtes à maquillage de luxes divers. Ce qu'on voyait du mur était peint à la chaux. La salle était coupée en deux par le porte-costumes. On eût dit une planche à pains de chambrée, munie, en son axe, de vingt-quatre crochets d'où pendaient les oripeaux qui devaient symboliser la Bicyclette, le Métropolitain, la Foire de Neuilly, la Femme-canon, le Lapin russe, l'Oseille cultivée, etc.

Quand j'arrivais, Rosella était seule ; toutes les autres « stalles » étaient vides... Je m'installais sur trois chaises et j'assistais patiemment à la transformation d'une jolie fille en une déplorable peinture. Rosella avait les yeux bleus et les cheveux châtain foncé, ses joues avaient des roseurs délicieuses et sa bouche, fort importante au milieu du visage, avait des lèvres d'amoureuse et de gourmande.

— La fille resplendissait de jeunesse et de santé naturelle. Elle était grande, souple, gamine. Elle riait en montrant beaucoup de petites dents très bien alignées et avec des soubresauts de tout le corps un peu exagérés, mais pittoresques. Quand elle se levait de son tabouret de supplice, elle avait les yeux affreusement cernés, les joues blèmes, la bouche stupidement diminuée et, sous un chapeau extravagant, qui lui interdisait ses gestes habituels, une tignasse rousse flambait. Ses bras seuls et ses jambes conservaient leurs belles et fermes lignes... Si j'avais été d'un caractère ombrageux, cette métamorphose m'eût réjoui, car, vraiment, les rendez-vous proposés à ce mannequin, à cet extraordinaire épouvantail, ne me regardaient pas. Il y avait Rose, ma petite Rose naturelle, et puis il y avait Rosella, une fleur en papier, barbouillée de cold-cream... Sa voix même changeait et son langage. Dehors, dans notre petit chez nous ou au restaurant, elle était douce et bavarde, assez passionnée et follement ambitieuse : dès le premier frottis de vaseline sur ses belles joues, elle devenait vulgaire et rosse. La toilette achevée, elle me passait son vilain museau sous le nez, me jetait un refrain de chanson graveleuse et sortait, hautaine. Je restais seul dix minutes sur mes trois chaises... L'habilleuse me racontait ses malheurs.

A partir de neuf heures, arrivaient, une à une, les petites figurantes. Je devais céder une chaise, puis deux ; je finissais par échouer sur une valise, la valise de Mme Karita, la dame entretenue, l'enviée de la loge, la moins jolie fille de la chambrée. Rosella n'était pas jalouse ; il m'arrivait souvent d'assister à la toilette générale de toutes ces petites demoiselles. Je faisais partie du mobilier. Je bougeais si peu qu'on m'appelait M. La Souche.

Je garde un ému souvenir à mes petites amies de la loge 8 bis. Il y en avait de délicieuses : au travers de la poudre secouée et du clignotement du gaz, elles me semblaient un vol de moineaux s'ébattant dans une poussière pleine de soleil. Soir par soir, je m'étais habitué à ce piquant spectacle : mon odorat s'accoutumait moins aisément au parfum ambiant qui était composite et de toute marque, mais dont la dominante était l'odeur qu'aimait l'ogre des contes.

Il me semble encore voir la petite Darius et Rose-Mousse. Mon Dieu ! que leurs noms étaient ridiculement impropres ! Darius était la pétulance, l'esprit faubourien, le bagou intarissable. Elle parlait de tout et l'on n'en retenait rien. Rose-Mousse, au contraire, était grave et sobre de paroles. Elle était presque belle : brune, le nez droit, le visage d'un ovale classique, le cou mince, le buste tanagréen.

Pour se peigner, pour se coiffer, pour se grimer, Rose-Mousse a des gestes à elle. Le silence un peu hautain qu'elle garde l'isole de la banalité ambiante. Elle ne cesse de s'admirer et personne ne s'en étonne, tant la chose paraît naturelle. Je l'aperçois encore, les deux coudes sur la tablette, le visage penché vers la glace, tandis que ses doigts vifs dessinent et badigeonnent à même la chair. Parfois, elle s'arrête, les yeux plongés dans les yeux de son image, comme pour sonder le mystère impérieux de sa beauté. Sa poitrine d'abord anxieuse s'immobilise. Puis, fatiguée, elle laisse une de ses mains retomber près des crèmes et des bâtons rouges ; l'autre main soutient la tête, renversée de côté. La ligne se dessine du front aux reins. On aperçoit le bout de l'oreille, l'éclair d'argent de l'œil ; les lèvres font la moue et laissent échapper lentement la fumée d'une cigarette qui embrume un instant le globe du gaz. Le nez bat des ailes de plaisir. Un petit signe mouchette le milieu de la nuque.

J'admirais, je ne convoitais pas. Cependant, je voulus dîner une fois avec Rose-Mousse. J'eus tort. Elle mangea gloutonnement et sa conversation fut d'un cynisme d'une bêtise qui me désarmèrent.

Quand les douze moineaux francs s'envolaient pour le premier tableau de la revue, je m'ébrouais fébrilement, je faisais le tour de la pièce et parfois m'en allais. Le plus souvent, M. La Souche jouait son rôle jusqu'à minuit tapant. Alors c'était le rhabillage final. Toutes ces petites écervelées envahissaient la loge en courant, devenaient anxieuses ; toutes avaient la peur de manquer le dernier omnibus, l'honnête « balai ».

Presque toutes étaient de bonnes petites ouvrières qui profitaient de la morte-saison pour faire des heures à leur goût. Elles avaient dîné sur le pouce et allaient regagner leur étroit dodo familial à la Chapelle ou à Montrouge... Elles étaient fourbues, mais si heureuses! Elles avaient été une heure durant fleurs ou fées ; elles avaient réalisé le désir de beauté et d'orgueil qui sommeille en tout être adolescent ; elles avaient vu des centaines d'yeux dardés sur elles et partaient contentes de la vie, sûres de l'avenir ; car la joie dépasse le présent, rayonne dans le temps et l'espace.

Veuf d'amourette, je me suis réfugié à Jouy-en-Josas, à l'Écu de France, et, relisant mes deux lettres, je déjeune tout seul sous une petite tonnelle où mélancolisent les derniers chèvrefeuilles. Une petite bonne malpropre me sert. Il m'arrive des bruits d'animaux. Un chien, enfermé, hurle par saccades. Des poules, pondant sans relâche, l'annoncent longuement. Des coqs comptent leurs victoires. Des mouches, dans leur vol rapide, bourdonnent. Des cousins sifflent en dansant dans un rayon de soleil. Un cheval qu'on attelle piétine sur le pavé et s'ébroue sous le froid des harnais.

Je mange des poires juteuses. Il est midi. J'entends un menuisier qui scie.

Autour de moi, la verdure est chaude, un peu recroquevillée. Au-dessus de moi, crâne déplumé d'automne, le treillis de la tonnelle divise le ciel en petits carreaux réguliers, à la façon des dessins de maître destinés à des devoirs d'écoliers. Et je songe que c'est un peu comme cela que voient la nature, ce chef-d'œuvre, ceux qui font métier de l'aimer et de la décrire. Ne vaudrait-il pas mieux vivre seulement, sans s'attarder à la tâche ingrate de vouloir transcrire et « expliquer » ? Mais ces treillis, en somme, ne subsistent que chez les maladroits, les médiocres consciencieux. Le talent consiste à copier la nature sans que se montre le bienveillant « guide-âne ».

Je ne m'arrête pas longtemps à ces réflexions saugrenues. Je m'applique seulement à oublier mon uniforme.

C'est alors que j'entreprends de récapituler mon passé amoureux. Rose-Mousse,

c'est si peu loin encore. Henriette, Rosella, c'est hier ; cela a failli être aujourd'hui ; il faut remonter plus haut.

III

OÙ NOTRE AMI POUSSE PLUS EN AVANT UNE EXPLORATION DANS SON CŒUR.

J'avais à peu près sept ans quand j'aimai pour la première fois.

J'étais un petit orphelin que tous les miens se partageaient à tour de rôle. On m'avait confié pour quelques mois à une vieille cousine très pieuse, tante Raison — qui habitait à deux heures de voiture de chez mes grands-parents, à Saint-Amiel. Saint-Amiel est un gros canton silencieux, plein de tanneries, que domine la fantastique masse d'une énorme église sans clocher.

Les dimanches, on me conduisait à la grand'messe et aux vêpres. J'ai toujours beaucoup aimé le spectacle des offices. La fraîcheur parfumée me pénétrait. La petite cloche du chœur m'était une touchante promesse de félicité. L'orgue me faisait venir aux yeux de bienheureuses larmes.

Un soir, pendant le « mois de Marie », je ressentis une plus forte émotion.

Il y a des fleurs dans les chapelles ; les cierges, ceints d'or et de fines dentelles, donnent une clarté moelleuse : on dirait que l'église doucement sourit... Derrière l'autel, un pensionnat de jeunes filles chante un cantique. La musique me caresse ; je ferme les yeux. Tout à coup domine une voix d'une suavité angélique. Mon corps se met à trembler. Je fixe les marches du tabernacle, prêt à jouir d'une surhumaine apparition. La voix reprend, cristal merveilleux, et mon trouble, à nouveau, m'envahit brusquement. A la fin du cantique, je deviens si pâle qu'on veut m'emmener. Je me débats violemment ; je blesse la bonne à la cheville, d'une ruade.

Je me laissai gronder sans rien tenter pour ma défense. Je voulais garder pour moi seul le bonheur que m'avait donné cette voix si pure d'une inconnue. J'aurais souffert si l'on avait discuté ce charme devant moi. Mais la semaine ne se passa pas sans que je me trahisse. A la promenade, sur le chemin vert qui conduit à la vieille tour, en dehors des maisons, nous croisâmes le couvent. Toutes ces demoiselles étaient vêtues de noir et portaient d'assez vilains chapeaux alourdis de fleurs violâtres. Tante s'était arrêtée pour voir le défilé et saluer les figures de connaissance. D'instinct, mes yeux fixèrent une belle fille aux cheveux roux, lumineux, qui s'avançait au dernier rang, près de la sœur surveillante.

— N'est-ce pas, tante Raison, que la jeune fille qui chante si bien le soir, à l'église, c'est celle-ci, qui marche la dernière ?

Tante Raison ne me répondit pas, mais me regarda avec des yeux fort étonnés : j'avais deviné.

A quelques jours de là, je m'enhardis jusqu'à demander le nom de l'inconnue. Celle que j'aimais s'appelait Yvonne.

Ainsi renseigné, je m'enfuis, comme un voleur, sous la tonnelle du jardin : « Yvonne ! Yvonne ! » J'étais ravi de la douceur de ce nom. Je le murmurai cent fois. Même après avoir constaté la solitude des allées, je le prononçai tout haut : « Yvonne ! » Alors je rougis et j'eus peur. Je me réfugiai dans la grange ; l'idée me vint de grimper au grenier. De là, l'atteignis, au moyen d'une échelle, une poutre élevée : j'y gravai de la pointe d'un canif nos deux noms, Yvonne et Robert, si bien enlacés que seul un initié eût pu les lire clairement. J'avais imaginé de mêler les lettres de façon à ce qu'elles formassent un nom nouveau, d'allure exotique.

Cette poutre devint mon boudoir, au sens original du mot. J'y arrivais toujours le front soucieux. Mais sitôt installé, à côté du nom cabalistique, mes pensées reprenaient leur cours favori qui était le souvenir charmant de la rencontre du chemin vert. Ma grande occupation était de prononcer en musique, le plus souvent sur un air de cantique, le nom de la bien-aimée. Les minutes passaient comme en rêve, muettes, douces et rapides.

Quand je m'ennuyais sur terre, j'escaladais les échelons, vers mon petit coin de ciel. Là, tout de suite j'étais heureux.

Une après-midi je fus dérangé bien malencontreusement. La bonne m'appelait :

« Monsieur Robert, madame vous demande au salon. Vite, vite, c'est une surprise. »

Je descendis quatre à quatre l'échelle et l'escalier. J'arrivai tout essoufflé, sans avoir eu le temps de songer à ce qu'on pouvait bien me réserver. Tante me poussa en souriant devant une grande jeune fille toute éclatante du soleil qui, venu de la fenêtre, derrière elle, m'aveuglait. C'était Yvonne. Le choc fut effroyable.

L'émotion s'empara si rapidement de moi, une émotion composée de bonheur, d'effroi, de timidité, que je fondis en larmes et courus me cacher dans mon grenier. Mais là, l'esprit d'aplomb, je n'eus pas de termes assez forts pour blâmer et flétrir mon action. Je me malmenai de façon très sévère et je me prédis une vie fertile en sottise... Cependant je restai ferme dans ma résolution de sauvagerie, je ne me laissai arracher de ma poutre que lorsqu'on m'eut certifié que la jeune fille était bien partie. Je voulus même qu'on me jurât qu'elle ne reviendrait jamais à la maison.

Ma pauvre tante est morte sans avoir deviné l'énigme de ma conduite.

Je n'ai pas revu Yvonne, la jolie rousse à la voix céleste. Elle ignore la passion dont elle fut l'objet. Elle avait alors plus du double de mon âge, on ne saurait la blâmer de n'avoir pas deviné mon désespoir. Qu'est-elle devenue ? Ses beaux cheveux en casque d'or, ses jolis yeux si vifs, la musique de sa parole ont-ils trouvé l'amour, le culte, les jours heureux ? Je le souhaite de tout mon cœur. Mes paupières s'emplissent de larmes au souvenir de ce printemps à Saint-Amiel.

Vers la douzième année, j'eus une crise religieuse qui me poussa à devenir amoureux de presque toutes les saintes dont on me faisait lire tout haut les aventures merveilleuses, de presque toutes les jolies martyres du calendrier. Je fus longtemps fidèle à Marie-Madeleine, puis à sainte Rhodène, une petite Italienne qui était si jolie qu'elle résolut de se couper le nez pour empêcher saint Sylvain et saint Sylvestre de devenir amoureux d'elle. Mais cela ne m'empêcha pas bientôt, interne privé de la vue de mes petites amies, d'aller plus souvent que de raison acheter des crayons et des suçons (lisez : bâtons de sucre d'orge) chez la concierge du lycée qui avait une fille blonde et douce. Je me cachais aussi, à certaines heures, derrière les gros piliers de préaux pour voir passer les trois filles du proviseur, dont la plus jeune était fort à mon goût, à cause de son adresse à montrer très longtemps son visage lorsqu'elle s'éloignait. Puis il y avait les promenades : que de silhouettes se gravèrent pour des semaines dans ma mémoire d'enfant curieux !

Les grandes vacances, pendant lesquelles j'eus quatorze ans, mirent un terme définitif à mes amours mystiques.

A partir de ce moment, de congés en congés, je m'épris successivement d'une tante, de deux cousines, d'une femme de chambre, d'une princesse et de quatre ou cinq demoiselles de diverses localités, mais toutes de quelques années plus vieilles que moi et de caractères fort divers. Ne dites pas que j'étais d'un naturel inconstant. Je ne changeais pas pour changer. C'étaient les circonstances qui me menaient. Il fallait que j'aimasse. J'avais horreur du vide autour de moi, même en rêve. Je devais me sentir une compagne, perpétuellement.

Je n'avais pas un trop grand chagrin de la remplacer. D'ailleurs, il ne m'était pas indispensable d'être moi-même aimé. Il me suffisait d'aimer. J'ai eu des passions de plusieurs mois, de plusieurs années même pour des jeunes femmes de qui l'amour m'eût fort embarrassé. Je me contentais de mon propre sentiment, pourvu que je visse de temps à autre l'objet aimé. Je ne crois pas que tout cela soit la marque d'un vilain caractère. Personne, de la sorte, ne souffrait par ma faute, et, tout le premier, j'en tirais de la satisfaction quotidienne.

D'ailleurs, il faut que j'y insiste, j'ai toujours préféré (et je préfère encore aujourd'hui) donner à recevoir. Je donnais mon amour à la ronde, comme on arrose doucement un parterre de fleurs : si les fleurs embaument votre promenade, tant mieux, mais pourquoi exiger qu'elles vous choisissent entre vingt passants et cherchent à vous verser, à vous seul, leur parfum ?

Cependant, parfois, je fus aimé, par surcroît. Mais cela, un peu par ma faute, était l'exception.

Mes classes achevées, je quittai ma pro-

-huit ans et, en petites rentes, ns soucis.

Paris ne m'effraya pas : j'avais l'habitude de la dispersion.

Tout de suite ma vie fut féconde en émois. Il y eut même surabondance et je dus me tenir à l'écart de la foule : je m'efforçai de vivre en spectateur.

Je m'acheminai, insouciant, vers un grand péril ; je risquai pendant plus de deux ans de perdre toute faculté de discernement. Je jouissais sans contrôle de toutes sortes de plaisirs contradictoires. Le jour allait venir où je ne serais plus qu'un mécanisme enregistreur d'une logique brutale et stupide. C'est de cette époque que datent mes superficielles amourettes de théâtre et une série de petits croquis en prose dont je donnerai peut-être des fragments plus loin, comme intermède comique. On y verra comment un bon jeune homme peut se laisser momifier par somnolence.

L'arrivée au régiment fut la douche glacée, si salutaire, qui me regaillardit le cerveau et me rendit apte à comprendre mon état moral qui était déplorable.

Cette après-midi, sous la tonnelle de l'*Écu de France*, j'eus mon carrefour d'Hercule. Mais il n'y avait pas que deux routes. Les sentiments contemporains sont fort compliqués. Il y a des nuances à côté des couleurs. Que de sentiers entre le chemin du vice et celui de la vertu ! Je ne pris, du reste, pas de décision (le paysage manquait trop de déesses, arguments péremptoires), mais je m'arrêtai à conclure qu'il convenait que je prisse enfin une décision.

A la tombée du jour, ayant fait le tour de mes vingt années passées, j'aboutis à ma situation actuelle qui consistait à apprendre à marcher aligné avec d'autres hommes et à obéir. J'allai jusqu'à la Bièvre, petite rivière claire et joyeuse, fort encaissée entre des murailles d'un vieillot pittoresque : ce me fut une soudaine démonstration qu'on pouvait vivre par soi et même « chanter » sa vie entre les murs de la discipline.

Encouragé par cet exemple tiré de la nature, je gagnai la route du fort qui monte pendant deux kilomètres, en larges circuits, entre les hauts murs d'un parc immense et les palissades neuves des prairies d'un haras : autre témoignage concluant. Je marchais d'un pas assuré, les mains dans les poches d'arrière de ma capote, le shako bien enfoncé autour du crâne. Mais, à mesure que j'approchais de ma taupinière, mes idées de bonheur quand même, devenaient moins fermes, moins absolues. En passant devant le poste, je fus interpellé par le sous-officier de garde. Un des boutons de ma capote était hors de sa boutonnière. Je souris. Non pas de l'apostrophe elle-même, mais de son à-propos au milieu de mes optimistes réflexions. C'était le pavé tombant au milieu de mon petit étang bordé d'inoffensifs myosotis.

Le sergent, qui ne pouvait remonter aux origines de ce sourire, m'infligea quatre jours de consigne.

Tel fut le résultat immédiat de mon premier essai de perfectionnement intime.

IV

PENDANT LEQUEL ROBERT PASSE UN HIVER FORT
DÉPOURVU D'AGRÉMENTS

J'ai peur d'avoir pris mon histoire d'un peu haut. Il ne va rien se passer pendant cinq mois, rien du moins qui puisse se rattacher à l'action principale. La vie n'est pas tout à fait aussi bien ordonnée qu'un roman.

Tout au commencement de décembre, il se mit à neiger ; et, pendant des semaines et des semaines, il neigea. Les nuits de garde n'eussent pas manqué sans doute d'être féériques ; mais des rafales glacées et hurlantes jetaient un peu de désarroi parmi mes facultés de jouissance poétique. Dans la guérite de la poudrière ou sur le petit chemin de ronde tracé tout en haut du mamelon central, je m'accoutumai mal à cette solitude hargneuse. Ce blanc intense, désert polaire, dont j'essayais de distinguer les bornes me martyrisa les yeux.

Le silence ne m'était pas une garantie de sécurité. Plusieurs fois, je pâlis à l'apparition d'une ombre venue de derrière mon refuge : cela s'avançait lentement, avec précaution, à pas étouffés, et prenait mille formes ; ce n'était qu'un nuage dont la lune m'envoyait le dessin fantastique, ou bien la promenade sauteleuse d'une feuille morte dont le bruit centuplé allait jusqu'à simuler quelquefois la rumeur d'une meute de loups.

Tout cela était de courte durée : je haussais les épaules, un peu honteux de mon effroi. Bientôt après, je me laissais prendre à nouveau à la perpétuelle fantasmagorie de ces nuits aux clartés louches.

Malgré les moufles qu'on nous avait distribuées, le fusil glaçait les mains, et la lourde capote brune au collet poisseux défendait mal le corps contre la bise aiguë.

Comme la moitié de notre petite garnison s'était adroitement fait diriger sur l'hôpital, les tours de garde étaient fort rapprochés. Pour moi, la fatigue de ces nuits au poste ne me déplaisait pas, et malgré les petits frissons qu'elles entraînaient (ou à cause d'eux), j'aimais presque les heures de factions. Ceux qui n'ont pas été soldats ne peuvent se faire une idée bien nette de l'état physique et de l'état moral de la sentinelle, la nuit, au milieu de la neige d'un fort dont elle connaît mal les détours et les refuges.

Mais ces émotions, de catégorie inférieure, ne parviennent tout de même pas à meubler définitivement mon cerveau. Je m'ennuie ou plutôt je suis un peu agacé. Tout n'est pas pour le mieux dans le meilleur des forts, et cela me chagrine, déséquilibre mes théories. Je ne suis pas révolté de ce que je vois ; cela excite simplement ma pitié un peu dédaigneuse.

« Tout se passerait si bien si l'on voulait ! Même en faisant intégralement son devoir, on aurait si peu de peine à se donner pour être heureux, gentiment ! »

J'ai, dans ce milieu primitif, une philosophie enfantine: c'est le grandiose mis à la portée de tous, la perfection consentie par le suffrage universel.

Il me manque un ami... c'est-à-dire quelqu'un qui me ressemblerait.

J'ai bien quelques camarades, mais ils sont plongés dans les idées noires. Ils s'ingénient à se croire malheureux et y arrivent. Ils ne sauraient me donner du courage aux heures flasques. Je fuis leur compagnie. Je préfère ma propre société : au moins, en ces moments de solitude, je tâche à me sourire.

Comme certains grands esprits ou plutôt comme tous les esprits un peu simples, je m'étonne de ce que mes compagnons ne raisonnent pas comme moi. Il y a bien des façons de raisonner sur quelque chose ; ce qui distingue les raisonnements de mes voisins de chambrée, c'est leur brièveté. *Un événement*, pour eux, a *une* cause; cette cause trouvée (et c'est l'affaire d'un instant), ils n'approfondissent pas davantage. Leur logique date de l'âge du silex. Ils rapportent tout à leur pauvre petite personnalité qu'ils haussent ingénument à la dignité de nombril universel. Ils agissent à la manière de ces braves paysans qui mesurent les êtres et les objets par comparaison: il y a le clocher du village et la fortune de M. le marquis; tout le reste est plus haut ou moins haut que le clocher, plus riche ou moins riche que M. le marquis. Cette obligation les empêche de penser à des choses tout à fait élevées et à des gens trop riches, et cela met de l'harmonie dans le monde qu'ils imaginent.

C'est mon malheur, parfois, de ne pas voir les choses sous un jour si propice: je perds des yeux la plaine aux moutonnements modestes pour songer à des sommets trop réels et à des précipices redoutables. Mais d'autres fois mon immodestie m'aide à remonter lentement aux causes, à les voir si nombreuses et si contradictoires que je ne puis plus ensuite attacher d'importance aux faits qui en découlent et qui tourmentent si vivement mes myopes petits troupiers.

Tout m'était matière à philosopher, même cette observation que je philosophais beaucoup plus souvent qu'il n'était jadis dans mes habitudes d'oisiveté! C'est que l'oisiveté militaire est une sorte de trève, de repos armé après les heures où l'énergie s'est déployée, tandis que l'oisiveté civile n'est qu'un prolongement, un aboutissement, sans excuse, d'une sorte d'état neutre qui n'a pas fatigué les muscles.

Le service militaire est avant tout une gymnastique du corps. Les rares malingres qui s'y égarent y périssent quelquefois. Tous les autres, les sains, s'y fortifient pour la vie entière.

C'est aussi une gymnastique de l'esprit. Mais elle ne peut, me direz-vous, développer que ce qui est un germe dans cet esprit: l'hypocrite devient plus hypocrite, le crédule plus crédule, le bon meilleur, le mauvais pire. C'est, en effet, le résultat ordinaire. Cependant il est bien dangereux de trop généraliser car il y a de nombreuses et curieuses exceptions. Le coude à coude forcé les mauvais yeux à regarder, les mauvaises oreilles à écouter, et bientôt les myopes voient, les têtus entendent: c'est l'école de la vie. On rencontre à la caserne toutes les variétés de la race humaine: les sots, les lâches, les plats, les jaloux, les fiers, les braves, les patients, les malins, les excellents. Ils défilent devant vous comme les petits héros des images d'Épinal. Leurs qualités et leurs défauts sont vivement peinturlurés. De même qu'on se douche en famille, aux fins de mois, de même qu'on mange selon un identique menu dans un pareil fer blanc, de même on s'exhibe sans trop de cachotteries avec ses verrues morales. L'instinct de la défense exige que chacun se serve sans feinte de ses armes naturelles. Il n'y a rien de moins mystérieux pour un soldat un peu intelligent que l'âme de son voisin de gamelle.

Il ne faut donc pas croire à ce crime que des livres ont dénoncé, à savoir que le régiment serait une école de démoralisation. Il n'est fatal que pour les débiles, les vaincus d'avance, ceux qui donnent raison à deux hommes qui crient fort plutôt qu'à un seul qui parle doucement. Mais ces soldats seraient démoralisés partout ailleurs. Le régiment, c'est la grande ville, la foule, la cuve où se trempe le noble acier, mais où se détériore complètement tout ce qui est faible ou vil.

La tête meublée de ces essais de raisonnement, mon premier voyage à Paris s'annonçait comme devant être fort morose. Mon shako figurait assez bien le cercle étroit de mes pensées et leur poids gênant. Mais, descendu du train, je me sentis plein de bienveillance pour mes semblables. Je sus gré aux passants de la rue de Rennes de ne pas se soucier de moi et d'avoir d'autres préoccupations que celles d'éviter la salle de police. Je me réjouis pour eux du bonheur qu'ils possédaient sans le savoir. Mais j'eus un peu d'ennui à saluer tous les gradés qui semblaient s'être donné rendez-vous sur mon trottoir. Non pas que j'eusse de la répugnance à être poli, mais à cause de l'air fatigué que prennent ceux qu'on salue.

J'avais grande hâte d'arriver chez Rosella. Mais elle m'avait écrit: « Ne viens pas avant midi. » Et je dus prendre le plus long chemin, ce qui me conduisit dans la région des bijoutiers : là, j'hésitai longtemps entre un bracelet et une bague; je finis par choisir une boucle de ceinture à trois petites émeraudes. J'étais sans enthousiasme. Puis je me sentais assez gêné sous ma capote grossière devant la jeune vendeuse dont les yeux me paraissaient un peu irrespectueux : elle pensait, certainement, au fond de son petit cerveau moqueur, à l'entrevue du troupier que j'étais et de la dame dont la ceinture allait s'orner d'une boucle à trois émeraudes... A un moment, j'eus envie de sortir les mains vides, peut-être parce que je songeai que Rosella ne devait plus m'aimer, peut-être parce que je déteste qu'une jolie fille sourie de moi, et la petite vendeuse, à n'en pas douter, souriait en elle-même. Mais je suis d'âme magnanime : je pardonnai tout à coup à Rosella de ne plus m'aimer, à la jeune bijoutière de sourire, et j'emportai la boucle aux trois émeraudes.

En effet, Rosella ne m'aimait plus.

Elle n'en fut, du reste, que plus gentille. Le déjeuner fut très gai. Elle me conduisit elle-même à un cabinet particulier, au *Plat d'Argent*, où nous fîmes cent folies gamines. Je dus subir le récit tragi-comique de la carrière de Rosella. En trois mois, à l'Eldorado, où je l'avais fait entrer petite gommeuse pour lever de rideau, elle avait gagné six rangs sur l'affiche.

Elle était, du reste, au mieux avec le petit Nélong, le secrétaire, avec qui elle venait quelquefois dîner dans ce cabinet. Le détail, donné par petite vantardise cabotine, ne laissa pas d'aigrir un instant ma pauvre joie bonne enfant. Je savais bien que la carrière de Rosella exigeait un certain éparpillement de ses caresses, mais ce petit Nélong me gênait. Je le voyais en face de nous, dans la glace rayée. Il embrassait Rosella. Mon amour-propre regimbait. Puis je constatai que cet amour-propre n'était pas très propre et n'était pas du tout de l'amour. Alors je souris à Rosella sans arrière-pensée.

Hélas! il y avait « matinée ». Je ne pus me dispenser de m'y rendre. C'était trois ou quatre heures de supplice. J'ai horreur du café-concert. De mes amis s'y plaisent parce qu'ils savent ne pas écouter. Moi, j'ignore cet art : je ne sais pas m'isoler. Cette fois le spectacle me parut plus stupide que jamais. J'avais perdu l'habitude de m'y résigner. Deux ou trois petites chanteuses m'intéressèrent un moment par leur bonne volonté à montrer tout ce qu'on peut faire voir en public d'après les règlements de police, à savoir les bras, les jambes, les épaules, le dos et la poitrine. Les débutantes y mettent une telle conscience que cela devient presque touchant; on sent parfois qu'elles font violence à la pudeur naturelle : ces jolies filles maladroites sont, à leur insu, le coin d'art du programme. Mais il y a les vieilles dames, les chanteuses célèbres trop grasses ou trop maigres et tous les cabots prétentieux. Plaignons sincèrement les habitués de ces lieux de plaisir.

Je ne devais pas revoir Rosella après le spectacle. Sans doute, elle dînait avec M. Nélong...

J'ai peu d'amis à Paris et ils restent le dimanche en famille. Je ne pouvais aller chaussée d'Antin, chez mon oncle Lescure, ne l'ayant pas prévenu. A mon cercle il n'y avait pas un chat. J'étais tout désorienté. Je me réfugiai dans un café chic ; pas une tête de connaissance : je fus dévisagé d'une façon odieuse par un tas de gens baroques. Je me crus devenu fou et me figurai un instant être transporté à Lyon ou à Bruxelles. Le Paris parisien ne sort pas le dimanche ; c'est une autre clientèle qui envahit les brasseries. Où que j'aille, je suis seul, bien seul. La pensée me vient d'aller dîner à Jouy; pour un peu je retournerais manger ma gamelle à Villeras. Il m'arrive une bouffée d'idées saugrenues.

Je me trouve stupide.

Les minutes de liberté, si désirées, passaient lentement comme à la suite d'un convoi funèbre. Je dînai mal au milieu de gens hilares et dépourvus d'esprit.

Enfin l'heure vint de m'acheminer vers la gare.

Les trains du soir, en hiver, n'allaient que jusqu'à Versailles, combinaison charmante. Il me fallait faire à pied le trajet de la gare rive-gauche à Villeras. Ce fut ma plus grosse distraction de la journée.

Connaissez-vous la rue de Satory ? Elle était à cette époque horriblement pavée. Il est fort probable qu'elle n'a pas dû changer. Le pavage de la plupart des rues et des routes date, en France, de Louis XIV. Il n'y a guère qu'en temps de révolution qu'on songe à remuer les pavés et ce n'est pas pour les mieux aligner. J'étais plongé dans ces modestes réflexions quand je vis déboucher d'un petit café borgne un grand diable de dragon qui courut vers moi en criant :

« En voilà un ! en voilà un ! »

Il brandissait son sabre et avançait aussi vite que le permettaient ses basanes, le pavé gras et son ivresse lourde... Vous n'ignorez pas la haine féroce que les cavaliers professent pour les fantassins. Versailles est souvent le théâtre de scènes sanglantes. Cette habitude est passée dans les mœurs. Je crois bien que beaucoup d'officiers en sourient et même, entre eux, n'ont-ils pas des dédains absurdes analogues à ces haines imbéciles ?

Je dus cependant le salut cette nuit-là à un autre dragon qui était en faction devant le grenier à fourrage.

Il faisait tout à fait noir quand je passai l'octroi, à la grille de Versailles. J'avais sept ou huit kilomètres à parcourir.

J'ai refait, depuis, le trajet à bicyclette. Ce fut une assez pittoresque promenade d'une demi-heure, sans aucun rapport avec ma première marche de nuit.

Je ne suis pas peureux, mais j'étais fort énervé par la rencontre de ce dragon avec son sabre d'un mètre cinquante, si fier en face de ma mince baïonnette Lebel. Je montai la première côte en silence, mais non sans me retourner plusieurs fois. Au premier petit bois, je me mis à siffloter. Ce petit bois me paraît louche. Il ne borde qu'un côté de la route. Il a l'air d'être descendu de la colline, d'être venu là en curieux, pour se distraire, espèce de forêt de Macbeth. Je me figure que, le matin, il doit regagner le haut du coteau, emportant sa moisson de prisonniers. Puis je ris de cette intrusion de la littérature dans mes réflexions courtes et sottes.

La lune s'est levée, ronde, grave et douce.

Le chemin descend maintenant. Je marche d'un bon pas. La vallée est d'un dessin agréable qui varie à chaque tournant, mais qui est continuellement gâté par le blanc cru de la ligne de grande ceinture, doublement absurde ce soir puisqu'elle est laide et qu'elle manque de trains.

Voici une rue. C'est Petit-Jouy, hameau immodeste qui a sorti toutes ses maisons le long de la route, comme une femme qui montre sur son unique robe tous les bijoux qu'elle peut posséder. Mon pas devient sonore. Des chiens se mettent à aboyer furieusement. Les chiens ne réfléchissent pas la nuit. Un bruit quelconque est un bruit fâcheux. Ils ne savent pas distinguer un honnête godillot d'une savate louche. Mais le village a l'habitude de ces aboiements ; aucune voix humaine ne s'élève pour les faire cesser.

Personne n'a conservé de lumière aux fenêtres ; les becs de gaz sont éteints. Je suis bien seul : à ma droite et à ma gauche, des gens dorment et ne savent plus s'ils sont heureux ou malheureux, pauvres ou riches, honnêtes ou misérables. Il me semble que je marche entre des tombes provisoires.

Je longe ensuite les hauts murs d'une riche propriété ; je sais qu'elle appartient à un sculpteur célèbre... Je m'interroge sur mes projets d'avenir : « Est-ce que je serai riche un jour ? » Je me réponds : « Oui. » Et j'ai un moment de parfait contentement.

Je traverse Jouy en chantonnant. J'ai un peu de dédain pour la bourgeoisie et les petits commerçants qui se contentent d'une vie mesquine dans des maisons de médiocre apparence. Me voilà au bas de la longue montée avec sa grande muraille de parc, le parc du banquier : « Je n'aimerais pas être trop riche, de même que je ne tiens pas à être trop intelligent : il faut fuir les excès même dans le bien. Je désire n'être pas un sot, ni un pauvre, afin de n'avoir pas trop besoin de mon voisin pour penser et pour vivre. » Ces « réflexions » me font oublier la fatigue. Le coteau est gravi. Trois ou quatre cents mètres en plaine et je sonne à la porte de fer de mon actuelle maison de campagne.

Je n'y trouvai point le calme officiel. Les chambrées avaient été mises à sac. Tarau et un de ses sosies, tous deux consignés, avaient passé leur soirée à renverser les lits et les paquetages des jeunes soldats permissionnaires. Une soudaine colère me fouetta les nerfs. Je courus à l'homme :

« C'est toi qui as fait ça ? et je montrai mon lit. Il ricana :

« Oui, c'est moi ! Tu n'es pas content ? Qu'est-ce qu'il te faut ?

— Il faut que tu me le refasses !

— T'as pas la trouille, mon garçon ! »

Il n'avait pas achevé qu'un merveilleux coup de poing dans la mâchoire l'avait fait chanceler. Il hurla un juron et se précipita vers une arme.

« Pas de ça ! m'écriai-je ; sors tes poings ! »

Je ne m'étais jamais vu en cet état. J'étais ébaubi. Les camarades m'applaudissaient, en cercle. Je quittai ma capote et je me mis en garde de boxe. Tarau ne riait pas. Il rageait drôlement. Il avait peur. La bataille fut courte. Mon ennemi roulait à terre au moment où l'adjudant arrivait pour l'appel. Je lui expliquai mon cas. Je lui demandai de ne pas punir Tarau, mais de le forcer à refaire mon lit. Tout le monde était anxieux. L'adjudant me trouva très crâne. Tarau refit mon lit « en rigolant » :

« Je t'aime mieux comme ça », m'avoua-t-il, tandis qu'il repliait à l'ordonnance mes capotes et mes tuniques.

De ce soir, Tarau devint mon domestique. C'est lui qui fit chaque matin mon lit, qui cira mes brodequins, astiqua mes cuirs et mes cuivres, nettoya mon fusil, lava mes effets et balaya la chambrée lorsque mon tour venait. Du coup, je conquis l'admiration de mon caporal, ce qui n'est pas un sentiment négligeable. Je profitai de la circonstance pour demander à être envoyé régulièrement à la corvée de viande... Tous les deux matins, le caporal descendait avec un « homme » jusque chez le boucher de Jouy et l'homme rapportait sur son épaule le sac de viande destiné à nourrir pendant quatre repas la petite garnison. Le caporal fut étonné de ma demande, mais il y accéda. J'y voyais l'occasion d'aller acheter des journaux dès le matin et de prendre un bon bol d'air libre de temps à autre. Le caporal ne voyait que la corvée, le sac sur l'épaule. A partir du troisième matin, ce fut lui qui porta le sac jusqu'en vue du fort. J'allais derrière, lui lisant les nouvelles. Pendant deux mois, ce furent mes meilleures heures de la journée, même en temps de neige.

Mon esprit marquait le pas.

Je vivais de gamelle en gamelle. Mon désir de dévorer les journaux s'amoindrit de jour

en jour. Je ne m'intéressai plus qu'aux petits événements du fort, aux punitions, aux exercices, aux gardes et aux marches.

J'adorais les marches, les petites guerres, les embuscades. Je les préparais dès la veille, sur la carte d'état major, et j'étonnais le sous-lieutenant par ma connaissance des sentiers, des rivières et des moindres bosquets. Le véritable but à poursuivre aux heures d'instruction ne serait-il pas de fixer l'attention de nos troupiers sur la terre de France afin que, connaissant mieux notre pays, ils sachent l'aimer.

Le semestre s'achevait. Dix d'entre nous étaient désignés pour changer de garnison et j'étais de ces dix.

Le 12 mars, nous partîmes pour Saint-Cloud, chargés comme des baudets, — car, par-dessus notre sac plein de cartouches et de menus objets, nous portions notre lingerie, tous nos effets de grand et de petit équipement, notre batterie de cuisine, sans parler des pelles, des pioches, des fragments de tente, ni du flingot, — mais nous avions le cœur léger et nous chantions. Il nous semblait que nous allions vers la liberté.

Car, disait elliptiquement un sage de la troupe, la liberté, c'est changer de maître.

V

OU L'ON APERCEVRA ENFIN PAR UNE FENÊTRE, PUIS D'UN PEU PLUS PRÈS, L'HÉROINE DE CE ROMAN.

Je résolus de consacrer mon premier dimanche de sortie à ce parc de Saint-Cloud vu seulement le fusil sur mon épaule et avec le souci constant de ne pas marcher sur les talons des autres... promeneurs. Je pris la route de l'ancien château.

Dès la première terrasse, je m'arrêtai. Je ne poussai pas un cri d'admiration. Je connaissais le paysage pour en avoir vu d'analogues. C'était, dans le fond, sous le brouillard et la fumée, Paris, avec la silhouette de ses trois dômes et de sa tour ; plus près, Boulogne et ses toits rouges. En avant des premières maisons, le long de la Seine, je voyais une route sillonnée de bicyclettes si minces, si vives qu'on eût dit de ces araignées d'eau qui courent pour courir, sans but ni élégance.

A mes pieds, un bassin quasi vide avec ses intestins de tuyaux trop apparents et son pavage blanchi par le calcaire. Sur ma droite, les collines de Bellevue et ses bois brun bleuté; à la gauche, le toit de ma caserne qui me donne aussitôt l'envie de poursuivre ma promenade.

L'hiver était fini, mais ce n'était pas encore le printemps. Il y avait du soleil avec un fond d'air froid. Les arbres n'avaient de vert que leur tronc tapissé de lichens et de mousse.

De la seconde terrasse j'aperçois encore trop de tuiles rouges, trop de fumées. Et puis on me regarde. D'un banc prochain, une petite nourrice, couleur de brique, me couve des yeux. Trois gosses montent sur le gazon, le long de l'allée que je suis, se mettent en ligne et font avec ensemble le salut militaire.

Tout cet intérêt qu'on me porte m'amuse un peu. Je ne suis pas méchant quand je suis seul. Mais tout de même je m'éloigne du petit carrefour des bancs. Le sentier que je prends, au hasard, descend quelques marches. Me voici dans la solitude.

Au milieu de la ronde muette et grotesque d'arbres trop grands pour le cercle qu'ils forment, sur un tertre, un bloc de pierre est posé, piédestal à une statue de quelque nymphe, enfuie, j'aime à l'imaginer, vers un parc mieux soigné. Tous ces arbres ahuris qui restent là, gardiens d'une chose morte, me font pitié. Leur gigantesque impuissance ne prête pas à rire : ils me semblent une réunion de veufs timides, de maris délaissés. Ils espèrent encore, ils attendent, ils attendront ainsi jusqu'à l'heure de la hache jusqu'à ce qu'ils deviennent les propres cercueils de leur patiente inutilité.

Mais voici que je me trouve trop seul maintenant devant ce socle abandonné.

Je m'enfonce dans une allée toute pleine de l'odeur piquante des grands buis qui la côtoient. Je songe que c'est aujourd'hui le dimanche des Rameaux. Je cueille une toute petite branche que je cacherai dans mon sac à brosses. Il ne sera pas béni.

J'ai de courtes pensées.

Je ne sais plus regarder longtemps le même objet.

Je souris à calculer les années et les années qu'il a fallu à ce patient petit lierre pour grimper jusqu'au faîte de ce chêne géant. N'avoir tout le long de sa vie qu'un but : voilà toute la sagesse humaine.

Au pied de l'arbre est un nid de pervenches : de touffes en touffes, elles sont là depuis des siècles, heureuses du même bonheur, belles de la même beauté, sans souci, sans désir. N'est-ce pas plutôt cela, la sagesse humaine : savoir se contenter du peu que l'on a, du peu que l'on est ?

« Pépé! un sodat! »

C'est un gros poupon qui me désigne à sa famille. Je daigne sourire.

Des jeunes gens passent avec des paroles précipitées et des boîtes à instantanés. Va-t-on aussi me photographier ? Non ! On ne m'a pas vu. Je respire. Le bruit, de nouveau, m'agace. Et puis, tous ces papiers dans les gazons font tort aux feuilles tombées que j'aime d'ordinaire.

Me voici en plein bois, au milieu de l'assemblée silencieuse des aînés parmi les arbres du parc. Le vent s'est éteint. Tout autour de moi, ce ne sont que troncs. Ils me paraissent tous de même taille, de même couleur, et ils ont tous le même geste de doigt levé. Au sommet, c'est la mince trame de branchettes, avec son joli voile d'azur.

Une feuille morte se promène dans l'allée, poussée par on ne sait quel souffle invisible et menu.

Je coupe à travers les massifs. Mais je dérange des groupes qui se relèvent d'un air penaud ou irrités.

D'allées en allées, le long des petits ravins, par les sentiers et les fourrés d'épines, sur les feuilles sèches et sur les cailloux roulants, je dégringole jusqu'au bas du coteau que j'avais gravi sans m'en apercevoir.

J'aperçois la grille de Sèvres. Plus de couples amoureux : les promeneurs sont de tranquilles bourgeois. C'est le rendez-vous des jeunes filles et des jeunes gens en âge de fleureter utilement. Les parents surveillent les ébats et bâtissent des chimères. Ici, on parle de situations, de mariages, de dots, d'espérances en marche.

Des hordes d'adolescents s'élancent les

yeux au ciel, comme s'ils apercevaient un bolide ; ce sont des joueurs de football ou de ballon. Plus loin des croqueurs selon l'usage, se disputent : on conteste un coup ; il y a de la brouille dans l'air.

D'instinct je m'approche de la région des tout petits enfants.

Voici le jeu des parents heureux.

Bébé est piqué droit le long d'un platane. Il sourit. On lui a dit :

— Regarde ! Il ne faut pas avoir peur. Papa va lancer la balle. Elle touchera le tronc de l'arbre juste au-dessus de ta tête. Un papa, c'est très adroit !

— Oh ! oui ! boum ! fait le gosse.

Le père est emmitouflé dans un gros pardessus, à dix pas. Il lève le bras.

— Ne bouge pas, surtout !

— Oh ! non !

La balle est lancée. Elle arrive en plein visage du bébé.

Trois cris : le père, la mère, le gosse ; le même cri.

Bébé pleure. Il ne comprend pas le sel de la plaisanterie.

La mère tamponne le nez du petit. Le père crie de plus en plus fort :

— Aussi, c'est de ta faute, dit-il à la mère. Si tu ne m'avais pas obligé à mettre un pardessus d'hiver. Par cette chaleur ! C'est absurde !

Et il se tamponne le front. Il a très chaud en effet. Une grosse dispute va éclater. Je m'enfuis.

Heureux gosse qui ne raisonnera pas l'action paternelle à la fois risible et presque tragique ! Je me figure être le chèvre-pied que les anciens auraient mis derrière l'arbre pour faire dévier le projectile et ennuyer un homme trop sûr du résultat de ses gestes : je m'enfuis en souriant.

Il vaut mieux sourire. Bébé lui-même sourira, d'instinct, ce soir, au dessert, en écoutant le père raconter pour la onzième fois l'aventure au grand-père narquois.

A Saint-Cloud, comme du reste dans toutes les petites garnisons provinciales, le simple soldat n'a pas le droit d'entrer dans tous les cafés : les deux ou trois plus propres sont réservés aux officiers. C'est tout à fait naturel :

cela évite de fâcheuses rencontres : et puis, chacun de son côté, l'officier et le soldat, est libre de ses propos et de ses attitudes. Bref, après avoir été expulsé d'un café à orchestre à la terrasse duquel je m'étais assis sans malice, j'errai de quartier en quartier, en quête d'une hospitalité plus écossaise. Une dizaine de jours se passa en tâtonnements. Je fouillai le haut Saint-Cloud, puis Boulogne ; j'allai jusqu'à Sèvres. Rien ne me retenait. J'étais sans pénates, désorbité. Je pensai enfin que le mieux serait de louer une petite chambre avec une vue honnête. J'allai sur le quai, le nez vers les écriteaux, résigné d'avance à ne rien trouver à mon goût.

Dans l'encadrement d'une fenêtre de rez-de-chaussée, grande ouverte, car le soleil brillait comme un bouton bien astiqué, j'aperçus un joli profil de femme qui regardait sans voir, perdue dans la rêverie. Elle me plut et m'intéressa tout de suite. Elle avait les cheveux de ce blond léger qui semble appeler les caresses menues, qui semble fait pour les jeux enfantins. Ses yeux que je vis ensuite tournés vers moi, achevèrent de me persuader que cette jeune fille devait être douce et bonne : ils étaient du bleu lavé qui donne frais à voir. Elle avait l'air grave et douloureux. Une soudaine pitié m'envahit. Je devinai que des tourments martyrisaient cet enfant aux regards purs et confiants.

Une pancarte se balançait sur un volet voisin. J'entrai dans la maison. C'est ma blonde inconnue qui me reçut :

— Tante n'est pas là, Monsieur. Que puis-je pour vous ?

La voix était d'une grande douceur. Les yeux regardaient franchement, loyalement. Mais la timidité, toute physique sans doute, fit que le visage de la jeune fille devint tout rose.

— Mademoiselle, je venais pour visiter les chambres à louer. Quand pourrai-je revenir ?

— Une seule est libre en ce moment. Si vous le désirez, je puis vous la montrer. La clef est dans le café.

La maison dans laquelle je me trouvais et sa voisine, qui était un café-restaurant, communiquaient, en effet, et devaient être gérées par la même personne. Je n'en avais pas fait la remarque sur-le-champ ; je fus heureux de ce bon hasard. Je pourrais peut-être prendre mes repas chez ma propriétaire. Car certainement, guidé par cette jeune personne si sympathique, la chambre allait me plaire.

La jolie petite blonde revint avec un trousseau de clés. Son visage était tout changé. Quelqu'un avait dû lui dire une parole désobligeante. Elle était toute frémissante. Elle ne put prononcer un mot. Je vis qu'elle avait une insurmontable envie de pleurer.

Sans parler, je gravis l'escalier, m'efforçant de cacher que je devinais cette émotion si naïvement affichée.

Ses mains tremblaient si fort que je dus prendre la clef pour ouvrir une porte du second palier devant laquelle la pauvre enfant s'était arrêtée. J'allai moi-même pousser les volets. Mais je ne vis, à ce moment-là, ni la rue, ni la Seine, ni les meubles de la pièce. J'étais tout au malaise de ma compagne. Comme je me retournais vers elle, deux grosses larmes s'enfuyaient de ses yeux tout hagards. J'eus peur et pitié.

— Asseyez-vous, mademoiselle, dis-je d'une voix émue; vous paraissez fatiguée.

Elle m'obéit et elle était si loin de la minute présente qu'elle me laissa lui essuyer les joues et m'asseoir près d'elle. Je dus même la soutenir dans mes bras, tandis qu'elle était reprise d'une nouvelle crise de larmes... J'aperçus un petit flacon de rhum et une carafe. Je lui préparai un mélange frais et elle y trempa ses lèvres avec joie.

Puis elle rougit toute, à nouveau, voulut se lever et me dit :

— Oh! pardon, Monsieur!

Alors, pour la détourner de ses pensées, je m'enquis du prix de location de la chambre que je lui assurai vouloir retenir. Le prix me convenait. J'aurais voulu pouvoir discuter sur un point quelconque, pour prolonger ma visite, pour distraire ma petite éplorée, mais je ne trouvais aucun sujet. De son côté, la jeune fille ne disait rien, debout, attendant que je parle.

— Votre tante est peut-être rentrée, dis-je enfin.

— Ah! oui, peut-être; descendons, Monsieur, c'est elle qu'il faut voir.

Sur le palier, je l'interrogeai :

— Alors cette autre chambre est louée, Mademoiselle?

Sans réfléchir, elle dit :

— C'est la mienne, Monsieur.

Et tout à coup elle pensa avoir prononcé quelque énormité : tout son visage rougit et des larmes emplirent ses yeux. Je fis comme si je n'avais rien remarqué et nous descendîmes dans une salle du restaurant. Décidément j'étais tout conquis par cette jeune fille, aux mouvements si naturels, et qui ne devait pas être heureuse. Déjà, en pensée, je l'enveloppais de tendresse, de respect, d'amitié.

A ce moment, une grosse femme au teint jaunâtre ouvrait la porte de la rue. C'était la tante et immédiatement elle me déplut fort. Je pris cependant un ton aimable pour gagner sa confiance et je parlai tout de suite afin d'éviter à ma petite « amie » l'ennui de donner des explications. Car elle devait être peu bavarde :

— Bonsoir, Madame. Je viens de visiter une de vos chambres à louer et elle me plaît assez.

— Je suis bien fâchée, Monsieur, fit une voix aigre, aigre comme un fond de vin oublié dans un vaste tonneau, mais nous ne louons pas à des militaires. C'est défendu. Le colonel, s'il apprenait une chose pareille, ferait interdire notre café. Vous comprenez bien que ce n'est pas mauvaise volonté. C'est la loi. Je suis pour obéir aux lois.

J'étais navré. Ma jolie blonde me parut toute décontenancée, elle aussi. Je ne trouvai rien à répondre.

— Ah! c'est bien ennuyeux! C'est tout à fait contrariant!

Au milieu du café, un homme, — un gérant, sans doute, — que je n'avais pas remarqué tout d'abord, me regardait d'un air goguenard qui m'intrigua. Pourquoi cet homme se moquait-il de moi? Je le regardai attentivement, en avançant un peu vers lui. Il baissa les yeux et essuya machinalement une table de marbre. Cela me fit songer au dîner. Me tournant vers la patronne :

— On peut tout de même manger chez vous?

— Oh! oui, Monsieur; Albéric, mettez donc un couvert dans le salon jaune!

Il me sembla qu'Albéric me lançait, derrière moi, des regards malveillants.

— Blanche, voudras-tu servir Monsieur?

— Bien, tante, murmura la jeune fille.

La chance me revenait. Le « salon jaune »

était la pièce à la fenêtre de laquelle M^ll^e Blanche travaillait où plutôt songeait, lorsque je l'aperçus de la rue. C'était une salle carrée avec deux rangées de petites tables le long du mur du fond et du mur de gauche. Elle avait pour tout ornement de vilaines chromolithographies et une assez bonne gravure d'après un tableau connu, et devait son nom à un pauvre papier auquel le temps avait infligé toute la gamme des jaunes depuis le bouton d'or lumineux jusqu'à l'ocre moisi.

Je suspendis mon ceinturon à un porte-chapeau, ce qui me permit de contempler de près la gravure du « Supplice de Mazeppa » que vous me permettrez de ne pas vous décrire : mais il faudra bien que je m'y décide un jour.

Je fis honneur au dîner. Potage paysanne, anguille au vin, châteaubriant ; je me rappelle encore le menu. C'est que chaque plat m'était apporté par M^ll^e Blanche de qui les yeux avaient retrouvé leur gaieté et qui allait et venait d'un air affairé, me prodiguant ses prévenances. On eût dit qu'elle voulait, de cette façon, me remercier de ma discrétion à son égard. D'instinct, elle avait reconnu en moi un ami. Elle me répondait, toujours en rougissant, mais avec une grâce anxieuse et qui veut plaire. Moi-même continuai d'être attiré vers elle par un vif sentiment de sympathie.

J'étais sûr d'avoir près de moi un enfant au cœur tout neuf. Le métier de soldat est une école de loyauté : je me promis de me conduire avec ma nouvelle amie comme un frère aîné, comme un protecteur caressant, comme un conseiller aimant, comme un galant homme. La plupart des héros des romans militaires sont des brutes qui ne savent pas raisonner ou bien des roublards aigris et jaloux, prêts à toute indélicatesse. J'oserai donc me poser en exception.

Je regardai ma petite servante, non avec des yeux de convoitise, mais avec la résolution de mériter son amitié. Je ne sais pas trop si, cinq mois plus tôt, j'aurais agi de même. Le régiment assagit ou tue pas mal de bas instincts. La santé du corps et sa bonne fatigue poussent à l'équilibre des besoins et des désirs. L'agitation mesquine et fiévreuse des grandes villes disperse les facultés. Trépidant vous-même, vous jugez que tout trépide : peu sévère sur votre propre conduite,

vous rabaissez le niveau moral de tout le monde ; la fréquentation de basses courtisanes, des cafés chantants, d'une très médiocre bourgeoisie ou d'une aristocratie d'agioteurs vous a souillé à tel point que l'apparition d'une jeune fille ne vous émeut plus. Vous la jetez toute vive dans votre société. Vous la barbouillez de toutes les saletés ambiantes, vous ne la voyez qu'à travers le verre de couleur qui unifie tout, qui vous fait un univers à votre mauvaise, à votre déplorable fantaisie.

Et cependant, une jeune fille ! Songez à tout ce que ce terme contient de mystère, de charme, de grandeur. La jeune fille, c'est l'être fragile d'où sortira la femme, puis la mère. L'humanité tout entière bat dans cette poitrine. C'est le vase précieux d'où débordera l'amour et qui créera le bonheur pour le présent et tout l'avenir, par delà même votre vie et la sienne. Il faut respecter la jeune fille. C'est un culte qu'il convient de préconiser. Il faut croire en elle. Là est le salut.

Celui qui détourne de son cours harmonieux et tendre la vie naïve et fière d'une jeune fille est une sorte de malfaiteur public. Il devrait être puni comme sacrilège. Il écrase de l'avenir, il change ce qui devait être. A cause de lui, — à cause d'un geste, d'une parole peut-être, — le bon deviendra le mauvais, le grand deviendra le médiocre.

Par « jeune fille », je n'entends pas parler de ces émancipées qui copient mal les usages anglo-saxons, qui vont aux cours à la mode en passant par les garçonnières de la plaine Monceau ; il ne s'agit pas non plus des flirteuses éhontées qui prêtent leurs corps et leur mémoire dans nos meilleurs salons mondains : celles-ci et celles-là se rattachent à la riche catégorie des courtisanes. La maternité les sauvera peut-être, mais il leur restera à la plupart, la marque d'un passé mauvais, le petit tatouage moral. La chair n'oublie pas toujours, même si elle n'a été qu'effleurée.

Mais laissons les poupées perverses et les sottes audacieuses.

La jeune fille que j'admire et que je voudrais qu'on aime avec respect, ne ressemble en rien à ces mannequins excentriques. Elle est pure autant que fraîche ; le corps et l'âme vont de pair. On ne l'a pas élevée dans une ignorance farouche du monde et des hommes mais on l'a préservée des contaminations dangereuses. Je ne prêche pas le retour en arrière et l'obscurantisme. On peut développer les intelligences sans risquer l'immoralité. Qu'il y a de belles choses à enseigner, pas toutes graves, pas toutes ennuyeuses! Quelle merveilleuse occupation que celle d'instruire de guider, de façonner l'âme d'une jeune fille!

Vous ririez sans doute de ces pensées du petit troupier que je vous dépeins si, déjà, je n'avais fait montre d'une grande simplicité. Je ne vous empêche pas, du reste, de sourire, puisque vous connaissez encore peu celle dont la vue me poussait à moraliser ainsi.

Mlle Blanche était grande et assez mince; elle était vêtue d'une simple robe grise, sans aucun détail d'ornement. Le corsage était montant jusqu'à un col blanc, rabattu, que cravatait un petit ruban de soie mauve. On était au temps où les manches bouffaient assez disgracieusement. Celles de Mlle Blanche n'étaient pas exagérées et gardaient une ligne assez harmonieuse. Cette robe ne venait certainement pas de chez un couturier fameux, mais celle qui l'avait bâtie — la jeune fille elle-même sans doute — avait du goût. Une ceinture de cuir noir complétait le costume, dont la sobriété n'était point sévère.

Quelle était-elle, Mlle Blanche? A quel monde appartenait-elle? La question ne m'inquiétait pas ce soir-là. Le soldat égalise tout, ne donne les rangs qu'au mérite.

Ma servante improvisée devait appartenir à la toute petite bourgeoisie: elle était fille sans doute de modestes commerçants parisiens, car je ne pouvais pas imaginer qu'elle ne fût pas Parisienne.

Elle avait des gestes, des façons de marcher, des mots même, des inflexions qui étaient la marque de Paris, du Paris travailleur, du Paris parisien, des petites rues qui montent du côté des Batignolles et de Montmartre.

Je l'interrogeai sur ce dernier point. Elle me répondit sans hésitation:

— Vous avez deviné juste, Monsieur, je suis née et j'habite encore rue des Dames. Mon père était horloger. Il a cédé son commerce; aujourd'hui il gère deux ou trois maisons dans notre quartier. Mais il est bien content quand on lui confie une montre à arranger.

— Et vous, Mademoiselle?

— Oh! moi, je suis un enfant gâté. Mon père n'a jamais voulu que je travaille. Et puis je ne suis pas de brillante santé.

— Vous avez bonne mine, cependant...

— Non. Ici, je me porte bien. L'air est pur. Mais dès que je rentre à Paris, je tousse.

— Ah!

— Si vous saviez comme je tousse!

— Mais, alors, vous vous soignez?

— Oh! c'est bien inutile. Le médecin l'a dit. Je mourrai toute jeune.

— Qu'est-ce que vous dites là? Quelle est la brute qui vous a fait une pareille confidence? Mais il ne faut pas croire cela, Mademoiselle. Tout se guérit. On vous guérira, vous verrez... Vous devriez habiter complètement la campagne.

— C'est impossible... D'abord papa est tout seul à Paris. Il n'a que moi. Il s'ennuie quand je reste trop longtemps absente. Et je m'ennuie loin de lui...

— Mais votre tante?...

— Oh! ma tante ne m'aime guère. Et puis...

— Et puis?...

A ce moment, Blanche rougit toute, cessa de parler et sortit, mais pas si vite que je ne pusse remarquer que des larmes étaient venues brouiller ses yeux. N'est-ce pas dans les yeux de ce bleu si clair que ces larmes sont les plus touchantes?

Il y avait longtemps que je n'avais eu pareille émotion. Il me semblait ressentir une chose toute neuve. Pourtant je suis né sentimental, et la caserne, au lieu de me durcir le cœur avec la poitrine, me reportait au temps de ma meilleure jeunesse, la caserne et puis trois gestes et trois paroles d'une inconnue.

Avant cette aventure, je croyais bonnement ne pouvoir plus m'intéresser qu'à moi-même et voilà que j'étais prêt de pleurer sur le sort d'une petite poitrinaire.

Je n'en rougis pas aujourd'hui.

D'ailleurs il m'était arrivé souvent même au temps de mon indifférence, et il m'arrive encore aujourd'hui, d'avoir de ces petites crises de sensibilité.

De voir, le long des demeures élégantes, un pauvre homme marcher tête basse vers son taudis froid ou quelque fillette riant avec des vauriens, m'empêche tout à coup de

penser à moi, à mes espoirs, à mes ennuis,
si je suis envahi par la pitié : les larmes ne
sortent pas, mais je sens qu'elles m'embar-
rassent le gosier. Je frémis tout entier. Que
faire ? Si j'aborde l'homme, il m'insultera et
la fille me traitera d'imbécile. Et, cette nouvelle pensée m'accablant, je rentre chez moi
plein de rancœur, désespéré de ma faiblesse.
Quelles superbes jouissances doit se procurer
l'homme riche, le puissant, lorsqu'il suit
l'élan du cœur ! Amoindrir des misères, semer
de l'espoir, enseigner la bonté, fortifier les
résolutions, caresser les isolés, réchauffer ceux
qui grelottent, écouter ceux qui n'ont pas de
confidents...

Chacun organise à la guise de son naturel
un pays d'Utopie. Dans le mien, l'État, mil-
liardaire bienveillant, au lieu de nommer des
fonctionnaires à l'Assistance publique, nom-
merait des Distributeurs de Bonté. On con-
fierait à ces privilégiés de grosses sommes
dont ils auraient la libre gérance. Ils feraient
leurs rapports au Ministre de la Bienfaisance.
Les meilleurs « distributeurs » seraient, au
bout de quelques années d'épreuves, élus
membres d'une sorte d'Académie du Bien,
qui deviendrait comme le foyer officiel de la
justice intelligente... Ses assemblées seraient
secrètes ; les noms de ses membres ne seraient pas connus. C'est, comme vous voyez,
un retour à l'Inquisition, tout simplement
avec quelques modifications.

Blanche ne revient pas...

Cette absence m'est une véritable souffrance. Elle me fait songer à l'absence plus
cruelle de demain... Si je ne devais plus la
revoir, la pauvre petite ?... Et, à l'évoquer
ainsi, privée de mon amitié, elle me paraît
plus seule et plus malheureuse. Il faut absolument que je la revoie, il faut qu'elle sache
qu'elle a désormais un ami.

Mais il faut pour cela que je loue cette chambre, coûte que coûte. Cette interdiction qu'on
invoque, quelques pièces d'argent supplé-
mentaires ne la feront-elles pas oublier ?
Après plusieurs hésitations, je frappe sur
mon verre. Cette façon de faire revenir ma
petite amie me répugne. Il me paraît monstrueux qu'on ait réduit à l'état de servante
d'un soldat quelconque une jeune fille si peu
avertie des embûches de la vie.

La porte s'ouvre.

Je vais m'excuser.

Mais c'est Albéric qui entre, Albéric avec
son sourire à la fois obséquieux et méprisant.
La vue de ce fourbe me fait soudain comprendre le dernier mot de Blanche et ses
larmes. Cet homme a dû jouer un rôle dans
la crise nerveuse de la jeune fille. Cette sup-
position devient une certitude. Je suis prêt à
bondir sur le drôle, à lui demander raison
de ses grimaces. Mais pourquoi me mettre
mal avec ce personnage qui a peut-être quelque importance dans la maison ? Je lui tends
une pièce d'argent :

— Payez-vous et gardez le reste. Dites
qu'on me serve le café ici.

Je faisais le généreux pour m'attirer les
bonnes grâces de la patronne, qui allait certainement être mise au courant de mon
action. On ne chasse pas un client sérieux.
En sortant, je parlerais à nouveau de la
chambre.

Ce fut Blanche qui vint me servir le café.

— Mademoiselle Blanche, conseillez-moi.
Il faut absolument que je loue l'appartement
que vous m'avez fait visiter. Comment faire ?

— Louez au nom d'un de vos amis. Ma
tante n'aura rien à dire !

— Ah ! par exemple, je n'avais pas songé
à cela. C'est pourtant bien simple. Et je vais
être si content de vous revoir de temps en
temps.

— Cela me fera plaisir aussi, Monsieur.

— C'est vrai ?

— Oui.

Elle rougit encore en prononçant ces paroles, mais on sentait que cette rougeur l'ennuyait, qu'elle eût voulu parler en toute
franchise, déjà camarade.

— Cela me gêne d'être servi par vous,
et cependant...

— Oh ! moi, cela ne me contrarie pas, je
vous assure ! Vous pensez bien que je ne sers
pas comme ça tout le monde. Vous n'êtes pas
tout le monde.

Elle répondait ainsi à une secrète question
qui déjà me tourmentait.

— Alors vous me servirez chaque fois que
je viendrai dîner !

— Si vous voulez.

Si je le voulais ! Mais c'était mes plus
chers vœux comblés. C'était du bonheur pour

toute la fin de mon service militaire et, qui sait? pour toujours, peut-être !

J'allais avoir une amie.

— Mademoiselle, voulez-vous dire à madame votre tante de venir me parler? Je ne tiens pas à discuter devant M. Albéric.

— Vous ne l'aimez pas, n'est-ce pas? Moi non plus. Mais tante tient beaucoup à sa personne. Il ne faut pas lui en dire de mal.

« Moi non plus ! » J'avais deviné juste. Cet Albéric devait être l'amant de la patronne et devait courtiser la nièce. Je mettrais ordre à cela.

La tante s'avança avec Blanche derrière elle, Blanche transfigurée, les yeux pétillants de joie.

— Madame, je me suis mal expliqué tout à l'heure. Cette chambre que je désire louer, ce n'est pas absolument pour moi. Un de mes amis intimes désire venir me voir de temps en temps et il est ennuyé de descendre à l'hôtel. C'est à son nom que je louerai.

— Ah! c'est bien différent! dans ces conditions, Monsieur, je suis à couvert. Vous pourrez occuper l'appartement dès demain... Comment avez-vous trouvé mon anguille?

Je fis les compliments d'usage et la massive dame se retira.

Je pus ainsi, avant de partir serrer la main de Blanche, une longue main pâle et douce, mais qui, surtout, était pour moi la main d'une bonne et franche camarade.

VI

OU ROBERT TRACE DE LUI-MÊME UN PORTRAIT
PAS TROP FLATTEUR MAIS QUI PARAIT RESSEMBLANT

Je m'aperçois qu'il est tout à fait temps de tracer un portrait du héros de ce livre. Quand j'étais seul, cela n'avait pas d'importance que vous ne me voyiez pas distinctement. J'étais un pioupiou banal. Mais maintenant qu'une jeune femme va entrer dans ma vie, il convient que vous me connaissiez physiquement.

Je ressemble à beaucoup de jeunes gens. Je ne suis ni grand ni petit, ni brun ni blond. Mes yeux sont plutôt clairs, mais ne sont pas tout à fait bleus. Je porte la barbe, mais sa forme est inconstante. Je change de coiffeur par nécessité, — Jouy, Versailles, Saint-Cloud, Paris, — et quand je suis, nouveau venu, sur la sellette, je m'évade en des rêves variés et j'oublie le plus souvent d'indiquer la coupe. Le garçon taille à sa guise, selon la coutume de la maison ou ses propres habitudes. Et lorsqu'il me présente le miroir il m'arrive de ne plus me reconnaître. Je hausse les épaules et je dis : « C'est très bien ! » Car je ne tiens pas farouchement à conserver tel ou tel visage. Je ne suis ni beau ni laid. Je suis celui dont on ne dit rien. Du reste, j'ai des amis qui m'aiment avec la barbe courte et d'autres me préfèrent avec la pointe longue ou large. J'aime à contenter tout le monde, et les garçons coiffeurs, obscurément, collaborent à mes desseins.

Mes cheveux ont la coupe réglementaire : égalité générale.

Mon vêtement est celui du troupier français : pantalon garance et lourde capote à boutons d'or. Chez moi, dans ma chambrette, je vais avoir une petite veste d'intérieur, bleu pour ne point trop jurer avec le pantalon, mais les boutons représentent des têtes d'animaux qui remplaceront avantageusement les grenades guerrières. Cette veste est à moi. Ce sera mon plus grand faste à Saint-Cloud. Quand je la mettrai, il me semblera que je reprends possession d'une bonne moitié de moi-même. Il m'arrivera parfois de descendre dîner dans cet accoutrement civilo-militaire. Malheur à moi si un adjudant m'aperçoit ainsi déguisé. Je n'oserai même pas me pencher à la fenêtre.

Mais revenons à ma personne.

J'ai le nez droit, le front pas trop étroit, les mains petites, un peu trop courtes même et les pieds convenables. Le costume cycliste m'est plutôt avantageux : j'ai les mollets robustes et la cheville mince. Je me laisse entraîner ici à une description superflue, car il se pourrait que je n'aie point l'occasion de me montrer en culotte, mais je vais avoir tout le long de ce récit à vous narrer tant de piteux détails sur ma vie, mon caractère et mes aventures, que je n'ai pu me défendre de ce petit hors-d'œuvre. Souvenez-vous-en, lectrices, j'ai le cœur lâche peut-être, mais mes mollets sont fermes et carrés.

Je suis nerveux et sentimental. J'eus vers mes quinze ans de fréquentes colères.

J'étais facilement jaloux, sinon haineux. J'ai maté tout cela petit à petit, m'appliquant à penser aux autres plus qu'à moi-même. Aujourd'hui je règle assez bien mes élans personnels. Ma transformation m'agrée et personne ne s'en plaint. De 1889 à 1893, j'ai un peu outrepassé mon but : il m'arrivait, à cette époque, trop souvent, d'être indécis. Autrefois devant un événement, un fait, je bondissais, : joie ou fureur. Puis,, — je parle de 89, — je regarde, je soupèse, j'examine et parfois j'oublie de me résoudre à couclure. La mauvaise humeur que j'aurais manifestée pour autrui se tourne vers moi. Je m'injurie consciencieusement. Tout cela du reste se développe au fond d'un fauteuil, où je suis très calme, mais où je gagne de douloureuses migraines. Vers la fin de 92, je décide de jouir de mon apathie.

Je suis paresseux et méthodique. On dirait que je suis né bureaucrate. Les jours de « travail », j'échafaude des futilités. Je passe le reste de mon temps à m'accorder des congés. Une toute petite névralgie commence-t-elle d'effleurer ma tempe : je me couche, languissant, avec ces paroles d'excuse : « Il n'y a pas à lutter. Vite au lit ; je serai plus rapidement guéri et travaillerai mieux demain, ce soir peut-être ! » Je vais même jusqu'à me féliciter : « O joie ! voici ma migraine ; demain j'aurai l'esprit dispos et ferai de la belle besogne. »

Je vais travailler ; on sonne. Sans hésitation, je ferme mes cahiers, mes livres. Je vais ouvrir : « Je ne peux pas ne pas aller ouvrir. » Et ma fainéantise souriante bénit le raseur que mon zèle muet a « envie » de foudroyer.

Cette fois, je m'installe, je me carre devant mon bureau. Mais j'aperçois le désordre qui y règne. : « Quand tous ces objets et ces paperasses seront à leur lieu respectif, j'aurai plus de goût à l'ouvrage. »

Et je range minutieusement.

« Monsieur est servi ! » Bravo. Après dîner, je pourrai travailler tout de suite.

Après dîner, je vais au théâtre.

Ainsi coulait ma vie, toute morcelée, mesquine.

Je me rendais assez bien compte de ma quotidienne lâcheté.

J'étais donc loin d'être parfait. Mon ébullition s'était assagie en déplorable mais non désagréable nonchalance.

Si j'ouvre mes cahiers de notes de cette période, j'y lis des pages (oh ! fort courtes : écrire fatigue) des pages dont la bizarrerie et la préciosité décriront mieux mon état d'alors que toutes les explications que j'en pourrais donner ce soir.

Qui donc a dit qu'on ne vit pas deux fois la même heure ? Voici trois années vécues le long du même cercle, dans un petit sentier étroit et orné avec la même méthode mélancolique et souriante et sans le moindre souci de trouver la petite brisure, le biais de sortie.

Ceci est daté de 1889.

PREMIER FRAGMENT

Avoir des rentes, beaucoup de bonnes rentes, pour songer à moins de choses, pour penser mieux, pour déjeuner non à sa faim, à sa fantaisie, et pour bibeloter avec quelques femmes de choix et successives, car il convient d'éviter la complication des simultanéités.

J'appelle cet état la propreté...

A l'entrée de votre Cercle (où vous vous gardez bien de jouer) l'huissier de service vous a donné, sans insistance, un ticket. Le déjeuner est servi. Une station aux lavabos, pour le petit coup de brosse inutile et vous entrez. Une place vous a été réservée : une chaise confortable et d'honnêtes ou intéressants voisins, pas tous sots, vous attendent.

Des valets de pied quasi invisibles et qu'on n'entend pas, sont là qui devineront vos désirs matériels.

Nul bruit imprévu : L'air même que vous respirez semble heureux.

Vous voilà installés parmi la floraison des pensers qui vous conviennent. Il en pousse de toutes les couleurs et des formes les plus variées. Vous n'avez que faire de les cueillir : regardez, aspirez...

Voici venir, quand le grincement-qui-pique des fourchettes s'est tu, à la minute du raisin, du café, des petits verres de rubis, d'or et d'émeraude, voici venir les discussions désirées et qu'on amène soi-même d'un mot lancé ; oh ! les obligeants voisins qui enfantent pour vous — bienheureux en votre

*paresse curieuse — des anecdotes et des sen-
tences de vie.*

*Puis, c'est la rêverie continuée au salon,
en de si moelleux fauteuils, parmi les chroniqueurs et les feuilletonnistes littéraires, les
idées où l'on retrouve sa personnalité. Lentes
volutes bleues de la cigarette. Demi-sommeil.
Excellente digestion. Heure agréable qui
se fond dans la journée délicieuse.*

*Bientôt un jeune groom à figure avenante
vous réintroduit dans votre pardessus bien
chaud et vous allez vers l'aimée du jour, sûr
de lui plaire, puisque d'or sont vos lèvres
enjolivées quand vous répondez à ses questions non oiseuses.*

*Et c'est un bonheur où j'aspire que cette
uniforme, discrète, vaporeuse, un peu lan-
goureuse en sa lenteur et comme grisâtre
vie-par-autrui.*

*Car cette femme, aussi, vers qui vous
marchez (ça n'est pas loin et les trottoirs
sont larges aux gens bien mis) ; cette femme
joyeuse et blanche et rose vous aidera à
vivre, à penser.*

*Si par un hasard, car vous ne chercherez
pas ceci, elle est intelligente autant que belle,
vous n'avez qu'à vous inculquer l'esprit de
vous taire. Elle saura diriger et nourrir
les conversations.*

*Si elle est jolie seulement et un peu sotte
(suprême jouissance dans l'isolement que
nous désirez et qui ne veut être que littéraire, en somme, pas monastique), vous
n'aurez même pas à préparer des gestes
d'adhésion ou de négation — parfois amenés
avec fatigue... Pour celle-là, vous serez un
dieu, un dieu morose peut-être, mais un dieu
au gousset facile, un dieu dont elle s'appli-
quera à ne pas troubler les silencieuses con-
templations.*

*Au théâtre, à la promenade, chez vous,
chez elle, vous aurez partout cette bienheu-
reuse vision de l'irréalité qui n'est qu'une
façon de réalité plus noble, mieux rangée,
moins bavarde, propre.*

Voici une page de l'année suivante : 26 novembre 1890.

SECOND FRAGMENT

*Du bruit et des musiques plein les oreil-
les, plein la cervelle, je marche presque
sans savoir, sans vouloir, aidé, poussé.*

*Un ami me hèle. Je m'y attendais peut-
être. Il est une des voix sympathiques de ce
tapage et de cette harmonie qui portent ma
vie, en son laisser-aller. Ce qu'il me dit me
charme, naturellement, et son silence, car
tout cela — ce qu'il me conte et ce qu'il me
tait — m'appartient, bribes de mon tout,
merveilleusement morcelé. Et c'est mon dé-
lice continu de me sentir — à peine — de
me deviner un peu partout où je passe.
C'est si petit chez moi, et mes voisines sont
si jolies !*

*Et puis comme est douce la sensation de
mon silence à moi, parmi les rires et les
fièvres d'autrui ! Par les fenêtres de mon
repos quotidien, j'aperçois les folles batailles
et les ivresses et je jouis de ce spectacle gra-
tuit pour mes forces.*

*Je souris quand on me blague et jamais ne
me fâche quand je vois qu'on me juge tout
petit, incompréhensif, en somme, pas fort.
Car c'est mon honneur, à moi, cette infériorité dont j'ai très finement conscience. Je
n'aspire point au bonheur malaisé des Plus
Grands. Je n'aime point les cahots ; la jalousie
m'ennuierait. Ma vie est calme comme une
grand'route à travers les plaines suffisamment ombragées.*

*Ma vie, c'est mes amis, c'est mes livres.
Mes livres ! Oh ! le charme des vieux
écrits !... Il semble parfois qu'on aperçoive
encore parmi les phrases lues, les petites
flaques d'encre non séchées d'un manuscrit
qu'on écrirait soi-même, à l'instant précis
où on l'exhume (réédition pour soi-même à
un unique et merveilleux exemplaire tout
d'actualité personnelle). On n'a plus le douloureux regret, le dégoût pour soi de n'avoir
pas écrit, pensé ce génial grimoire ; on a la
joie, la superbe sensation de Le penser, de
L'écrire soi-même et d'en jouir profondément.*

*Ma vie à moi, c'est les femmes. Toutes les
femmes que je regarde passer, en attendant
Ma Femme. Car un mariage, un bourgeois
mariage me prendra un jour tout entier, —
et d'avance cela me sourit. Des heures régu-
lières pour les repas, pour les ébats, pour les
causeries, pour les lectures, pour le repos.
Un chez moi très vaste, où mes poumons
seront gais, où ma très mince volonté finira
de s'émousser, délicieusement.*

Quelle sera Celle qui me conduira vers cette aimable crique, en l'île où l'usage n'est point de rêvasser par métier ? Je la vois venir très simple et très bonne, avec sa mère, dont j'ai l'amitié.

Ses désirs seront brefs, comme d'ailleurs ils seront modérés. Nous n'aurons pas de ces troublants appétits de cerveau qui décontenanceraient nos amis habituels et qui nous empêcheraient de dîner raisonnablement. Nous penserons sagement, posément, évoquant, imitant les plus calmes parmi nos aïeux. Nous serons philosophes sans philosophie et nous suivrons la morale sans être moralistes...

Laissons venir : elle est si charmante l'habitude que nous aurons apprise de ne point prévoir, afin de n'être pas déçu, de vivre seulement dans le passé et un peu dans le présent ! Ne pas se rouiller, mais surtout ne pas se fatiguer. Ce soir... demain... qu'importe ? Le cours de notre vie est réglé en suaves canaux et nos jours passent réguliers, comme les peupliers de la rive. Ne débordons pas. Nous ne saurions plus reprendre le courant.

Oui, c'est l'Ennui peut-être, tout le long de cette vie, mais un ennui réglementé, organisé peu à peu sans qu'on s'en doute et qui règne paresseusement en molle et très moelleuse brise sur un Éden splendidement Moyen.

Encore une page, voulez-vous ? Elle répète, mais elle précise :

TROISIÈME FRAGMENT

Il songe, très lentement, si nonchalamment que ses lèvres mêmes n'en sont point averties :

« *Je m'ennuie copieusement de ne pouvoir penser de grandes choses. Je voudrais pleurer de n'être pas un héros, comme ce Doods qu'on fête en ce jour... Mais de sentir cela et de m'abandonner à telle songerie, me procure un très rare plaisir, fait de conscience inertie et d'amusement des yeux. Ma vie ne veut être qu'un spectacle, toujours pareil, toujours divers. Après les femmes des autres, les œuvres d'autrui. De celles-ci, aussi, je caresserai, des cils, les contours harmonieux, jouissant, sans le moindre heurt, comme une vierge qui, soudain, verrait sourire à ses*

côtés un petit enfant né de ses flancs, restés chastes et beaux !*

Ah ! regarder ! écouter !

Ceux qui savent, ceux qui peuvent agir ont été créés pour le bonheur lent et bercé de quelques-uns, très peu nombreux et très silencieux, dont je suis... »

Le jour tombe solennellement et notre jeune ami se laisse ensommeiller, en sa chambrette toute ouatée d'ombre, loin des bruits, des rires et des vivats. Et cependant ces bruits, ces rires, ces vivats, c'est sa propre vie qu'il dérobe par lambeaux, à son temps, pour s'en draper et en jouir délicieusement.

Cette dernière page doit remonter à mai 1893.

Ces trois fragments racontent donc trois années identiques dans ma vie. Je m'excuse de les avoir recopiés ici, à cause du style « un peu » tarabiscoté. Mais « l'écriture » même n'est-elle pas une preuve de plus à l'appui de ma description ? J'étais atteint d'une maladie de la volonté que ma bienveillance pour moimême changeait en un état de bonheur personnel et que je croyais fort original. Cependant, du premier au troisième feuillet, il y a évolution. En 1893, je n'ose plus rapporter à moi-même ces stationnaires aventures. Je les mets sur la conscience d'un « jeune ami ».

Survint l'année de service militaire.

Théoriquement j'aurais dû en pâtir affreusement ou y achever de m'y annihiler.

Le contraire arriva, comme vous avez dû voir. Je ne suis pas certain cependant de l'avoir bien montré. Il faut donc que j'y insiste.

Récapitulons :

Jeunesse agréable, gentiment volage, sentimentalisme bénin, bon petit cœur. Adolescence amoureuse. Premières années de Paris incohérentes : je me disperse, ne sachant m'attacher à aucun projet précis, à aucun être particulier. Amourettes : trottins et théâtreuses. Comme tout le monde, je m'essaye à noter mon état d'âme, qui n'est pas très différent de celui d'un fauteuil-Voltaire. Paris est le grand verre d'eau où, petit morceau de sucre anonyme, je me laisse fondre sans douleur.

Départ pour le fort de Villeras. Gamelles et marches ; nuits de la sentinelle ; renaissance de mes forces et de mon énergie. Je roule une brute. Je m'intéresse au métier et j'en tire des conclusions avantageuses pour le régime militaire.

Tout cela n'est pas taillé avec la précision d'un panégyrique. Je m'obstine à côtoyer la vérité quotidienne qui n'est pas une et qui est divisible. Je donne les nuances successives ; au lecteur d'achever le travail et d'apercevoir l'ensemble, la couleur générale.

Je ne prétends pas démontrer que l'influence de la caserne soit éminemment et violemment heureuse, que celui qui y entre idiot doive en sortir avec un cerveau équilibré ; mais je veux simplement raconter l'histoire d'un bon jeune homme qu'une simple année de discipline et de pâture saine arrache à la vie apathique vers laquelle il glissait, à vrai dire, sans le moindre effroi.

Libre à chacun de généraliser.

Pour moi, je m'en tiens à moi-même. C'est déjà beaucoup. « Vive l'armée ! », crierais-je volontiers.

A cette époque, c'était un jeune cri de paix. Aujourd'hui, il a vieilli et s'est aigri.

Je le date donc, à tout hasard : 1894.

VII

OU NOTRE AMI A BEAUCOUP DE PLAISIR
A S'INTÉRESSER A QUELQU'UN

A partir de ce soir où m'apparut Blanche, ma vie, quoique militaire, entra dans une période d'enchantement. Le métier paraît dur, absurde à beaucoup de gens intelligents parce qu'ils ne savent pas s'arranger des minutes de distractions en marge des heures d'exercice. Il ne faut pas laisser le corps seul à la besogne. La manille et les bocks ne suffisent pas à rétablir l'équilibre réclamé par l'esprit et le cœur. Cherchez à ne pas vous encroûter. Parce que vous devez obéir de cinq heures du matin à cinq heures du soir, ce n'est pas une raison pour négliger de faire fonctionner votre volonté de cinq heures du soir à neuf heures. Et puis vous avez toute la nuit pour rêver à ce qui vous plaît ! Descartes qui servit quatre ans, fit, dit-on, à ses moments perdus, le *Discours sur la méthode*. Je n'en demande pas tant à tous les petits porteurs de pantalons garance, mais vraiment,

entre la manille et Descartes, il y a place pour pas mal d'occupations intéressantes.

Quant à moi, j'avais une amie.

Je pourrais, tous les soirs, donner libre carrière au trop-plein de mon cœur sensible. En sortant de la caserne, j'aurais un autre but que celui de manger à ma faim. Il me serait permis désormais d'étancher ma soif de bonté, de compassion. Je suis drôlement conformé pour mon siècle ; figurez-vous que lorsque je suis victime d'une injustice, au lieu de chercher à en tirer satisfaction, il me prend une envie folle d'être agréable à quelqu'un, à n'importe qui. Ça fait la balance. On me tend de la haine et je donne la monnaie en amour. Comme je me suis rendu compte plusieurs fois du phénomène, je n'en tire pas vanité. Je suis bâti comme cela ; ce n'est pas ma faute.

Ce fut donc pour moi un bonheur presque quotidien de pouvoir me venger des petits outrages du jour en entourant chaque soir Blanche d'une respectueuse sollicitude. Je vivais double. Mes propres soucis étaient peu de chose à côté des soucis de ma petite amie. Mon véritable intérêt en ce bas monde était d'apporter de la joie à cette jeune sœur donnée par le hasard ou par la Providence

Notre amitié était d'une ponctualité amusante. A cinq heures cinq, je débouchais sur le quai, je levais les yeux vers sa fenêtre et nous nous souriions.

A neuf heures moins cinq, je bouclais mon ceinturon et nous nous embrassions les deux joues, à la bonne franquette, sans songer à mal.

— A demain, ma petite Blanche !

— A demain, mon ami !

C'était toujours elle qui me servait à dîner dans la salle du rez-de-chaussée, dans le fameux salon jaune qu'ornait l'« instantané » de Mazeppa. Après m'avoir versé le café, elle courait se mettre à table. Je prolongeais la rêverie de la cigarette, puis je montais ranimer mon feu. Quelques minutes après, j'entendais la porte voisine s'ouvrir, puis se refermer à double tour, — petite supercherie indispensable, — j'ouvrais sans bruit et Blanche entrait, toute rouge. Jamais elle ne perdit la charmante habitude de rougir en venant à moi. Je l'installais dans mon fauteuil, au coin du feu. Je m'asseyais sur un petit tabouret, à ses pieds, et en silence nous tisonnions. Ce n'était pas seulement pour ne pas être entendus par quelque oreille curieuse que nous ne parlions pas. C'était parce que j'avais vite remarqué la préférence de mon amie pour la douceur du tête-à-tête discret. Nous n'avions que faire de nous étourdir de paroles. Notre bonne entente n'avait pas besoin d'être mise à l'épreuve.

Il nous suffisait de lancer parfois un mot, comme on pousse un ressort, puis nous rentrions dans le silence. Nos deux songeries, alors, suivaient le même chemin, au bras l'une de l'autre, comme deux petites camarades de pension qui marchent autour des massifs dans le jardin du couvent.

Ses yeux, qui m'avaient d'abord attirés, ne cessaient pas de me charmer. Ils parlaient, ou plutôt uniquement, ils *imploraient*. Ils ne regardaient pas, ils imploraient. Tout regard, tout sourire de Blanche était une prière. Elle cherchait protection. Elle s'en remettait tout entière à vos soins pieux. Elle se blottissait en vous, consciente de sa faiblesse et pleine de foi en votre force et en votre bonté.

Blanche, était de ces êtres, si rares de nos jours, qui ne conçoivent pas la méchanceté, la complication des instincts, l'hypocrisie. Ils vivent à découvert. Tout ce qui germe en leur cerveau prend immédiatement la route de la bouche ou celle des yeux. Blanche n'avait pas de secret pour moi : « Je savais ses pensées avant elle », comme Julien Sorel les pensées de Mᵐᵉ de Rénal. Je les voyais poindre, s'épanouir, fleurir pour moi avant qu'elle-même en eût une exacte conscience.

Des semaines passèrent ainsi.

Blanche ne me conta pas son histoire comme eût fait toute autre. Cependant, bribe par bribe, je la connus. Presque jamais je ne l'interrogeai. J'aimai mieux ne devoir qu'à son angélique confiance tout les petits détails de sa vie passée. Elle me les disait, comme si, d'avance, je les devais connaître. Ce n'étaient pas des confidences, c'étaient comme des souvenirs qu'elle évoquait pour moi, pour nous. Elle me voyait dans son passé. J'étais si touché de la délicatesse ingénue de mon amie que je m'appliquais à obéir à toutes ses fantaisies instinctives. J'aurais fini par m'y laisser prendre si j'eusse été moins maître de ma raison. L'analyse est un mal sans remède.

On ne peut se soustraire à son curieux et froid empire. Au lieu d'être touché des sentiments de Blanche, je m'en amusais, je m'y intéressais ; certes j'étais ému, mais trop à fleur de peau, à la façon du spectateur qui, de sa stalle, assiste à quelque scène douloureuse. Je n'y mettais de moi que juste ce qu'il fallait pou donner le change à Blanche et la faire heureuse.

Elle était heureuse dans le présent.

Elle oubliait ses ennuis passés. Pour moi, au contraire, je les reconstituais avec quelques-uns de ses mots passagers et quelques-uns de ses soupirs inconscients. Plusieurs jeunes gens l'avaient aimée, plusieurs jeunes gens lui avaient dit qu'ils l'aimaient.

Elle ne les avait pas aimés, mais elle avait cru à leur amour et pour ne point les désespérer, par pure bonté, par sublime pitié, elle ne les avait point repoussés. Seulement ils avaient tous eu peur, tour à tour, de la grande sincérité de Blanche. Ils avaient vu, en passant sur le trottoir, la petite fleuriste aux grands yeux bleus, parmi les roses et les œillets, les lilas et les boules de neige, et ils s'étaient approchés pour cueillir ce beau lis du seuil. Elle ne savait pas douter. Ils ne savaient pas croire. Elle rêvait tandis qu'ils vivaient. Elle ne songeait pas plus à se défendre que n'y songent les violettes sorties de l'abri de leurs feuilles. Elle ne pensait qu'à sourire aimablement, eux ne pensaient qu'à cueillir. Ils s'éloignèrent. Blanche pleura, non pas tant sur elle que sur leur triste lâcheté et sur eux-mêmes.

Un seul tint bon, continua de venir, essaya de pâlir, s'obstina. Il avait l'air bon. Blanche s'accoutuma à le recevoir, s'intéressa à ses récits, prit goût à sa présence. Sans doute, elle ne devait pas beaucoup parler, selon son habitude. L'homme prit ce silence pour un consentement : il osa un baiser. Blanche eut un peu de peur, mais elle ne fut pas farouche. Elle apaisa le téméraire, accorda sa joue. Pauvre petite ! L'homme protesta de ses loyales intentions. Le lendemain, Blanche le présenta brusquement à son père auquel elle avait tout dit. La scène dut être brève comme un coup de foudre.

— Misérable ! s'écria le père de Blanche.

L'homme balbutia d'imbéciles excuses et disparut.

Blanche s'était dressée toute pâle sous l'insulte. D'instinct, elle en voulait prendre sa part. Mais que devinrent sa bonté, sa pudeur, sa franchise quand elle sut ?...

— Ma pauvre mignonne, il t'a trompée ; je le connais, il est marié, il a trois enfants.

Et le père l'avait prise dans ses bras, lui caressait les cheveux. Les pauvres doigts du père et les petites mains de la fille tremblaient ensemble, dans la même étreinte.

Blanche n'a pas compris encore, malgré les mois passés depuis cette aventure, toute l'étendue de la misère humaine. Elle veut excuser l'homme :

— Je crois qu'il m'aimait. Il devait être malheureux chez lui. Il n'a pas été assez franc, mais moi, j'ai été bien maladroite. Il fallait attendre, n'est-ce pas ?

— Eh ! non, mon amie, lui dis-je ce soir-là. Vous avez bien fait d'agir tout de suite. Il y a des hommes méchants ; il y a des gens faits pour salir. Il faut se méfier un peu...

— Cependant... s'il m'aimait ?

— Il n'aimait pas, puisqu'il mentait.

Blanche fit la moue. Elle m'en voulait un peu de croire au mal. Qui dira les ingénuités sublimes de la bonté ? Qui saura louer comme il faut ces êtres bibliques pour qui le monde se colore tout entier du tendre bleu de leurs yeux clairs ?

Malgré cet état de mensonge pieux auquel je m'astreignais, mon amitié pour Blanche avait de salutaires effets sur mon caractère et sur ma vie. Mon égoisme passager avait été un hors-d'œuvre dans mon histoire et bâti sans solidité par les événements. C'était une sorte d'excroissance importune : un sourire de ma petite voisine suffit pour l'opérer.

Ce me fut une renaissance.

Un soir, Blanche me dit :

— Vous devriez travailler quelquefois.

En même temps elle rougit et, très vite, elle ajouta :

— Bien entendu, les soirs seulement où vous n'êtes pas trop fatigué !

Ma petite amie avait tout à coup exprimé une envie qui grossissait en moi sans que j'en eusse conscience. Elle avait deviné à son tour une pensée que j'allais avoir.

Ce soir-là, le bonheur de Blanche déborda davantage sur moi et, en partant pour la caserne, j'embrassai ma petite sœur plus pieusement que de coutume.

Je fis venir une caisse de livres, mes tiroirs à documents, mes petites statuettes préférées, mes cadres favoris, ma lampe habituelle, mon encrier, le papier sur lequel j'écris le mieux, enfin tout ce qu'il me faut pour « travailler ».

Mon installation dura deux soirs. Blanche s'y donna tout entière et je découvris en elle la petite ménagère parfaite dont ne rêvent pas les poètes à bandeaux farouches, pour qui, cependant, elle serait la vraie compagne, un peu mère, un peu sœur, un peu femme. Je ne suis pas poète et l'apparition de Blanche au milieu de mes livres rangés par elle me remplit l'âme de douceur et de tendresse. Je voulus lui témoigner ma reconnaissance. Le second soir, j'arrivai après dîner seulement. J'étais allé jusqu'à Paris entre deux trains et je rapportais un gros bouquet de violettes de Parme, avec un petit vase de grès aux couleurs mates et comme velouteuses.

Des larmes vinrent aux yeux de Blanche qui ne chercha pas à trouver un mot pour me remercier. Seulement elle mit elle-même le vase sur la petite table que ma lampe animait de lumière toute neuve et joyeuse. Alors je choisis, une à une, quelques violettes et quelques feuilles dont je fis pour Blanche un « bouquet d'un sou » qu'elle épingla à son corsage. Toute cette petite scène nous avait beaucoup émus tous les deux.

Le feu clair, la lampe nette, mes livres droits et dispos, la ronde de mes tanagras, les fleurs pâles et coquettes, notre fauteuil familial, et ma petite amie au sourire heureux : je verrai longtemps ce calme, ce doux tableau.

Mais je dus parler. Il fallait bien que je dise le plaisir que j'avais de voir, en ordre, mes cahiers, mes cadres à gravures aimées, mes petits plâtres.

— Blanche, vous êtes ma bonne fée. Je sens que je vais bien travailler, maintenant, grâce à vous et près de vous.

Et je vis que Blanche me répondait, en dedans d'elle :

— Je ne désire que vous garder ainsi, mon ami.

VIII

OU L'ABSENCE AFFIRME ET ÉCLAIRE L'AMITIÉ

Les soirées, dans ma petite chambre du quai se suivaient et se ressemblaient. Blanche, comme moi, s'habituait à notre douce félicité. Nous la trouvions toute simple. Nous ne demandions rien à personne. Qui donc aurait pu se plaindre ? La tante voyait en moi un excellent client et n'était pas inquiète de mes conversations du soir, dans le salon jaune, avec sa nièce. Même, sans scrupule, elle poussait Blanche vers moi. S'il m'arrivait des lettres, pendant leur repas, c'était Blanche qu'elle chargeait de me les monter. Sans défiance, nous profitions de l'aubaine et j'embrassais la petite commissionnaire sur le front et sur les cheveux, qui étaient doux et d'un parfum si discret que j'étais le seul au monde, sans doute, à le connaître et à l'aimer.

Mais quelqu'un veillait jalousement. Il s'agit, vous l'avez deviné, de cet Albéric, dont j'avais pris ombrage, d'instinct, dès la première entrevue ; Albéric, qui était l'amant de la tante, et qui désirait par surcroît la nièce. Il travaillait à décider l'une à l'épouser et il n'était pas moins obstiné à faire croire à l'autre qu'il la poursuivait pour le bon motif. Mais Blanche, si peu clairvoyante qu'elle fût, avait flairé les machinations d'Albéric. « Epousez ma tante, elle est riche ! » disait-elle à l'homme qui répondait : « Elle est laide et elle est vieille ! » La jeune fille avait mis le doigt sur la plaie. Albéric la convoitait, certes, mais les écus de la patronne l'attiraient davantage.

Ma venue exacerba la passion brutale de cet ambitieux maladroit. Il faillit se trahir. J'assistai un soir, à travers ma porte, à une scène qui me fit d'abord trembler de colère impuissante. J'avais obtenu une permission de nuit pour aller à Paris, mais au lieu d'en profiter j'étais venu me réfugier chez moi, après avoir dîné avec un camarade dont les parents avaient une villa à Montretout. On ne m'avait sans doute pas entendu monter et je venais de me mettre au lit et d'éteindre ma lampe quand un bruit de lutte silencieuse venant de mon palier me fit sursauter. Quelqu'un se débattait. Deux fois ma porte fut heurtée par le choc mat d'un corps. Je me

levai précipitamment et, nu-pieds, j'allai coller mon oreille à la serrure. Dès les premiers mots, je tressaillis :

— Si vous faites un pas, j'appelle !

C'était la voix de Blanche.

— Ne faites pas ça, n... de D... !

C'était la voix d'Albéric.

Mon cœur battait violemment. Qu'allait-il arriver ? Il était prudent de ne pas révéler ma présence. Mais une curiosité douloureuse me tenait appuyé au chambranle de la porte. Je devais être blême de froid et de colère ; mes dents claquaient.

Il y eut un silence mortel. Je doutai un moment que Blanche et l'homme fussent encore sur le palier. Cependant je n'avais pas entendu la porte de Blanche s'ouvrir. Je fus bientôt rassuré.

— Laissez-moi entrer, ma petite Blanche. Je voudrais vous causer sérieusement.

Je ne perçus pas de réponse.

— Je vous jure ! Cinq minutes.

Blanche se tait toujours. J'aurais voulu lui dicter ses réponses, lui infuser de la force, de l'audace. Toute ma volonté était tendue vers l'angle du corridor où, sans doute, elle était arcboutée.

— Vous aimez ce soldat de malheur. C'est lui qui vous trompera. Vous serez bien avancée !

Décidément Blanche s'obstinait dans le silence et cela valait mieux sans doute que toute réponse. Je l'approuvais maintenant de ne pas vouloir discuter.

— Alors vous l'aimez ? répétait la voix tremblante de l'homme.

— Je vais appeler ! prononça tout à coup Blanche avec une fermeté qui me fit plaisir.

« Elle est vaillante. Comme je la complimenterai demain ! »

— Écoutez Blanche, je dirai toutes vos manigances à Mᵐᵉ Vouriot. Et je ferai chasser le soldat. Je le dénoncerai à son colonel, s'il le faut. Mais il partira.

— Si vous faites cela, je dirai à ma tante tout ce que vous m'avez dit et sur elle et sur moi. Mon père aussi sera mis au courant. Vous êtes méchant...

— Vous croyez ?... Je me laisserais mater par une gamine comme vous ! Ah ! vous ne voulez pas de moi !...

— Je vais appeler, je vais appeler ! murmurait Blanche, prise sans doute de peur.

Alors je n'hésitai plus. Je courus à mes effets. Je fus habillé en moins d'une minute. J'allumai une bougie. Je me jetai sur la porte, l'ouvris avec fracas et m'écriai :

— Il n'y a pas moyen de dormir ici. Qui est-ce qui fait ce potin ?

Puis, feignant l'étonnement :

— Mademoiselle Blanche !

Ma petite amie, les yeux en larmes, vint se réfugier près de moi.

— Ah ! vous arrivez à temps ! Cet homme me poursuit, il veut entrer de force chez moi.

Je me retournai vers Albéric, qui était tout pâle.

— Espèce de brute ! vous feriez mieux d'aller surveiller vos marmitons. Je ne m'étonne plus que la maison soit mal tenue.

Ne trouvant rien à lui crier, je lui fis cette bizarre remontrance. Sa colère en reprit le dessus :

— Ah ! vous étiez là ? C'est du joli !

— Qu'est-ce que vous dites ? Restez là un peu. Qu'est-ce que vous voulez dire ? Alors vous jugez les autres hommes à votre image. Parce que vous êtes un goujat, vous voyez le mal partout. Prenez garde à vous ! Je connais sur votre jolie personne des détails peu ragoûtants. Vous êtes averti. Tenez-vous sur vos gardes.

Je lui serrai les bras comme pour les casser, je le secouai puis je l'envoyai rouler dans l'escalier.

Je fis entrer Blanche dans ma chambre, je rallumai ma lampe.

— Ma pauvre petite amie ! Mais c'est épouvantable ! Il faut qu'on chasse cet homme ! C'est un misérable.

— Tante l'aime bien.

Et Blanche, toute rassurée, blottie contre ma poitrine, souriante, pardonnait déjà à Albéric et avait peur de faire de la peine à M⁰ Vouriot.

Cependant, le lendemain, nous jugeâmes sage d'espacer, à tout prix, nos entrevues. Blanche pleura, puis consentit à se rendre compte du danger.

Elle regagna Paris pour une quinzaine.

C'est à ce petit voyage que je dus de connaître Blanche tout à fait. Elle se mit à m'é-

crire presque tous les jours. Sur de grandes feuilles, sans garder de marges, d'une écriture pressée, elle me racontait heure par heure sa vie, sa vie grise, près de son vieux père. Au milieu de la quatrième page, les lignes se serraient à se toucher, à se mêler ; on sentait que Blanche considérait la fin de la lettre comme l'approche d'une nouvelle séparation et qu'elle ralentissait autant qu'elle pouvait la marche des minutes. Dans ma chambrette, quand arrivaient neuf heures, ma petite amie, d'instinct, approchait sa chaise de la mienne, comme pour m'avoir davantage, comme pour me garder un peu.

A la vue de la première lettre, je fus ébahi. Quoi ! ma petite « silencieuse » était devenue soudain si bavarde ! Mais, je fus vite rassuré. Toutes ces petites pattes de mouches ne disaient rien de plus que les sourires des yeux de mon amie ; elle n'avait pas changé de caractère ; tous ces mots ne voulaient que m'envelopper d'amitié tendre.

La première lettre décrivait le départ de Saint-Cloud, ses voisins de wagon jusqu'à la gare Saint-Lazare, l'omnibus, le retour dans sa petite chambre et se terminait par ce mot de son père :

« Ma petite Blanche a une mine superbe. Elle a respiré du bon air et va pouvoir me donner un grand mois de bonheur. »

Mais cela n'est pas le ton général du style de Blanche. Il me faut recopier une lettre, intégralement :

« Paris, une heure et demie du matin. — Je rentre de ma promenade un peu fatiguée et j'ai sommeil. Je suis allée d'abord au Jardin d'acclimatation. J'ai vu la troupe d'étrangers ; ils n'ont vraiment rien d'extraordinaire. Les petits enfants sont très noirs, mais pas vilains du tout ; ils ont des bracelets aux jambes, aux bras et autour du cou. Ils savent demander des sous pour acheter des bonbons. Les femmes ne sont pas bien belles, mais elles ont de jolies dents, si petites, si blanches qu'on dirait des grains de riz. Les hommes sont beaucoup mieux que les femmes en général. Les uns sont couchés, les autres enfilent des perles : ils n'ont pas l'air très courageux ni les uns ni les autres. Puis nous avons été voir les chiens ; il y en a de très beaux. Et les fleurs, mon ami, dans les serres ! On voudrait rester avec elles, au chaud. Et puis, vous,

vous viendriez me voir, vous vous assoieriez sur un banc et vous me respireriez. Ensuite nous sommes allés déjeuner près du bois de Boulogne et nous avons pris le tramway à vapeur jusqu'à Saint-Germain. Nous avons vu beaucoup de vignes… Enfin nous sommes entrés dans la forêt. Nous avons d'abord admiré un gros chêne près duquel il y a une petite chapelle et une sainte que l'on ne distingue plus ; pourtant, il faut croire qu'elle porte bonheur puisqu'on lui donne des bouquets. J'ai fait comme les autres. J'avais des marguerites pour vous envoyer : je les ai embrassées et les ai accrochées à l'arbre, où était cette inscription : *A l'étoile du Chêne de Sainte-Geneviève. Route des Bonnes Filles Saint-Germain.* Mais je ne sais pas ce que cela veut dire. Bien plus loin, du côté des Loges, il y a encore un gros chêne où se trouvent accrochées des petites Saintes-Vierges, beaucoup de fleurs et où l'on fait brûler des cierges. J'ai demandé des explications et voici ce que l'on m'a répondu : c'est là qu'une jeune Anglaise de vingt-six ans s'est tuée, en tombant d'un cheval emporté. Alors les parents font entretenir et soigner avec tant de soin le chêne fatal qui a pris de ce jour le nom de « Vierge des Anglais ». Cela date au moins de quatre-vingt-dix ans. Que cette histoire soit vraie ou fausse, j'ai fait brûler un cierge afin que nous soyons toujours des amis.

« La forêt de Saint-Germain est très belle, mais l'air donne appétit ; nous allons dîner et repartons pour Paris, car la nuit vient et Saint-Germain n'est pas gai.

« Nous sommes rentrés par la gare Saint-Lazare. Pour que la journée soit bien complète, mon père m'a menée au concert, au plus près, à la Pépinière. Les chanteuses ne chantent pas mal, entre autres une, qui fit entendre la *Visite à Ninon*, que j'aime beaucoup. Je la connais depuis longtemps, mais la chanteuse était si jolie et la voix si douce que la romance m'a paru bien plus belle que d'habitude. Mon cousin la chante toujours, mais trop fort.

« Tout cela s'est passé sans vous ; nous aurions été si bien à nous promener tous les deux sous les grands arbres qui font remuer leurs feuilles, comme des milliers de petites jupes qui se promèneraient sur le ciel. Mais si vous n'étiez pas près de moi, j'ai tout de même pensé à vous tout le long du chemin… Comme je bavarde ! je ferais mieux d'aller dormir ; il est deux heures et demie et demain je dois me lever de bonne heure. »

Il n'y avait pas deux Blanche, l'une pour les soirées de Saint-Cloud, l'autre distraite par la vie, par les paysages et l'éloignement. Il n'y avait que ma chère petite amie, mignonne, naïve, tendre.

Je pris l'habitude de lui répondre tous les deux jours. J'adressais mes lettres à la poste restante de la place Clichy et Blanche, mêlée aux gens qui attendent les tramways, devait trembler et rougir en allant les chercher.

Oh ! mon Dieu ! souriez si bon vous semble ; mais cette quinzaine-là je la passai surtout avec les lettres de Blanche. C'était comme si j'avais eu autour de mon foyer solitaire tout un cercle de fillettes timides à qui j'aurais fait raconter leurs jeux et des histoires. Ainsi s'animaient les récits simplistes de mon amie et, dans cette atmosphère de sympathie, je n'étais plus seul ; je travaillais avec goût, la vie me plaisait.

La caserne n'était plus que le bureau où la nécessité me forçait d'être assidu. Même ce bonheur nouveau rejaillissait de ma chambrette sur la chambrée. J'emportais le soir, dans les plis de ma capote, de la chaleur heureuse. Je dormais bien, je me réveillais sans déplaisir, je chantonnais en m'habillant et je descendais avec souplesse à l'exercice.

Dans le recueillement frais des matinées, nous montions vers le haut parc, sous le dais paternel des arbres. Les allées vertes assourdissaient nos pas comme des tapis moelleux. Tous les camarades avaient bonne mine ; les officiers souriaient ; le fusil était léger sur l'épaule.

— Attention ! Dix minutes de repos. Formez… sceaux ! Rompez les rangs.

Alors, j'allais herboriser. Il y avait dans ma section un licencié ès sciences taciturne, fureteur et anarchiste. Il avait l'univers en haine ; mais il adorait les fleurs. J'aimais sa compagnie. Il savait l'histoire de toutes les plantes. Un brin de viorne, une feuille d'ancolie, un petit œillet velu, et il parlait. Il mêlait la poésie et la botanique, le printemps présent et l'histoire géologique du monde. Il avait la voix douce et ses yeux brillaient. Il m'adressait volontiers la parole et quand je l'interrogeais, il répondait sans se faire prier. Il n'avait cependant aucune sympathie pour moi. Il me savait un résigné ; lui marchait à la révolte. Si j'avais eu du goût pour la parole, j'aurais prêché la bonté ; si la prudence n'avait été sa règle provisoire, il aurait crié ses haines et ses sanglants espoirs. Nous ne pouvions nous entendre que le front penché sur le mystère odorant d'une silène catholique ou d'un mélilot parviflore, de la flore particulière du parc de Saint-Cloud.

Ce compagnon s'appelait François Morel ; il était né dans le Nord, au pays des usines, de la boue noire et du ciel sale. Il avait d'abord herborisé dans les fossés, sur le bord des canaux. Mais il avait connu les soirs puants des réunions publiques. Son père, dans une émeute, avait été tué par un mouchard. Tout son passé et tout son avenir tenaient entre ces deux sentiments : l'amour des fleurs, le mépris des hommes et de la société.

Il était blond, imberbe. Ses yeux bleus étaient myopes. On l'avait obligé à porter les lunettes réglementaires à verres ronds et inélégants ; mais il n'en paraissait nullement gêné. Il avait un aspect gringalet, inoffensif. Il n'était pas méchant, je crois. Il voulait se venger : il s'était forgé de toutes pièces une ligne de conduite : haïr les chefs.

Au premier appel de clairon annonçant la reprise de l'exercice, je courais vers ma place en me frottant les mains ; j'étais un des premiers le fusil près de la pointe du pied. Morel au contraire, regagnait lentement son rang, le visage assombri, le poing serré. Personne ne l'aimait, ni les officiers qui sentaient en lui une volonté mauvaise, ni les soldats qui prenaient sa timidité myope et sa tristesse hargneuse pour de la sournoiserie et la sournoiserie est certainement le défaut le moins prisé dans une assemblée de jeunes gens de France.

Nous communions, Morel et moi, sous les espèces botaniques. J'aurais voulu pénétrer en lui, faucher la mauvaise herbe du mécontentement, semer de la bienveillance de la

foi, de l'espoir. Mais le pauvre petit soldat, prisonnier de lui-même, était toujours sur la défensive et dès que la conversation bifurquait, il redressait sa petite taille, assurait ses lunettes sur son nez, jetait les fleurs cueillies et me quittait en disant :

« Brisons là. Il y a ceux qui veulent refaire le monde et puis il y a les lâches. »

Jamais je ne voulus relever l'insulte : « Et il y a les lâches ! » Eh ! non, ce n'est pas si simple. Et chacun peut travailler au bien général sans s'astreindre à japper tout le jour aux mollets des gens, à la façon acariâtre des bouledogues. La mauvaise humeur est la plus malfaisante des maladies contagieuses. Qui trouvera le vaccin de la rogne ? C'est une sorte de jaunisse terrible : l'homme qui en est atteint voit tout en noir ; il ne sait plus distinguer l'ombre du soleil ; devant lui s'étend un monde sans atmosphère, où les saisons sont abolies, où le jour se confond avec la nuit, la pluie avec le beau temps et où l'on ne voit jamais s'arrondir le délicieux arc-en-ciel du pardon et de l'espoir. La mauvaise humeur est un cercle de fer qui étreint le front du patient et lui fait grincer les dents et lui fait crier que tout est mauvais : il souffre, donc tout le monde est à plaindre ! C'est un égoïsme insensé qui ne désire pas le bien pour tous, mais le mal.

Pour moi, j'étais si peu enclin au désespoir et à la méchanceté, que les lettres de Blanche suffisaient à calmer mes soucis à mesure qu'ils naissaient. Car je ne veux pas me poser en prodige et faire croire que je suis exempt des petits ennuis et des chagrins auxquels personne n'échappe. Je les voyais venir sans inquiétude, assuré que j'étais de leur trouver un remède ou tout au moins un palliatif. Ce palliatif était de savoir Blanche heureuse. C'est un grand soulagement dans le malheur de pouvoir se dire que, par contre, quelqu'un, grâce à vous, est content.

Je continuais à dîner en face de « Mazeppa » et à vivre mes soirées dans ma petite chambre du quai avec mes tanagras, des violettes, les lettres de Blanche et son souvenir parfumé. Ma lecture favorite était, à ce moment-là, les vieux chroniqueurs de l'histoire de France dont les livres sont tout fiévreux de vie ardente et noble.

IX

OU ROBERT ESSAIE DE DÉGAGER SES SENTIMENTS
AFIN DE DÉGAGER SON AMITIÉ

Blanche revint et nous reprîmes nos habitudes.

Un dimanche matin j'eus peur.

Blanche ne s'était pas mise sur mes genoux comme une fillette bien raisonnable; elle n'errait pas non plus de mon bureau à la cheminée. Elle s'était fait attendre et lorsqu'elle entra, elle ne me tendit pas ses joues, mais seulement sa main qui tremblait un peu. Je le remarquai toute de suite et je la considérai avec étonnement.

Elle s'était assise près de moi et son visage était tout rose. Elle ne me regardait pas. Elle avait une robe très claire et ses cheveux avaient des frisures apprêtées. On voyait un peu de son cou et un peu de son bras. Oh! très peu! mais ce n'était guère dans les habitudes discrètes de Blanche.

— Ma petite amie est bien fière; elle ne m'embrasse pas.

Je m'étais levé.

Machinalement Blanche fit *non* de la tête, deux fois, avec lenteur, sans sourire.

Je la pris dans mes bras et, par jeu, je voulus l'embrasser de force. Elle résista d'abord, puis me laissa faire. Malicieusement, j'embrassai un coin de son cou que je voyais pour la première fois. Elle frémit tout entière, puis, à peine avais-je eu le temps de dire : « A vous, maintenant, » elle me serra contre elle et me baisa très fort aux lèvres.

Je pris tout de suite un air si désolé, si malheureux qu'elle eut regret sans doute de son action et qu'elle eut peur des conséquences; elle dit :

— C'était pour rire!

Etait-ce pour rire, en effet? Je m'efforçai de le croire sans y parvenir. Tout mon bonheur si précieusement échafaudé s'écroulait d'un coup. Ce ne fut pas à ce désastre que je songeai d'abord, mais à une autre catastrophe qui m'épouvantait bien davantage. Je vis sombrer le bonheur de Blanche, le bonheur de mon amie.

Nous étions si fort décontenancés tous deux que la pauvre petite, au bout de quelques instants, feignit d'avoir la migraine et partit.

Je n'osai pas la retenir. Moi-même, je m'harnachai à la hâte et pris le train de Paris.

Je n'y allai pas pour réfléchir à la situation nouvelle, mais pour réagir immédiatement.

Il n'était pas douteux qu'il y eût de ma faute dans ce qui arrivait. On ne joue pas impunément à l'amitié avec une jeune fille. Je m'y étais sans doute mal pris, et j'avais fait naître un sentiment contraire à celui que j'avais cru cultiver. Tout était manqué et irrémédiable!

Je m'interrogeai :

« Est-ce que je ne me serais pas mis moi-même, sans le savoir, à aimer cette jeune fille! Mon affection n'a-t-elle pas insensiblement changé à son égard? Il est probable qu'elle a osé ce baiser parce qu'elle se croyait certaine d'obéir à mon secret désir?... Eh bien non! ce n'est pas cela; car, certainement, je n'aime pas Blanche! Je ne l'aime pas d'amour. Mais j'ai vingt-deux ans et je vis... autant dire, sans maîtresse : cela est dangereux. J'ai dû embrasser Blanche quelquefois un peu mieux qu'il n'eût fallu. »

Je courus chez Rosella.

Et la comédie tout de suite prit la place du drame.

Je dois dire que, malgré le relâchement de mes rapports amoureux avec Rosella, je continuais de correspondre avec la jolie fille, surtout aux fins de mois.

Il était une heure et demie quand j'arrivai chez Rosella. Peut-être n'avait-elle pas déjeuné. C'est elle-même qui vint m'ouvrir. En m'apercevant, elle ferma soigneusement la porte de l'antichambre et me fit signe de parler à voix basse.

— Tu n'es pas seule?

— Non... Plus bas...

— Quoi? il y a un malade?

— Non, mais il est jaloux comme tout...

— Qui ça, jaloux. Le petit Nélong?

— Nélong, il y a longtemps que je l'ai saqué. Je suis avec Pistil, le chansonnier rosse, mon auteur...

— Toujours pratique, ma pauvre Rosella, tu arriveras... Mais dis-moi ce M. Pistil, tout chansonnier qu'il est, se doute bien que tu ne vis pas en recluse. Je ne serais pas fâché d'entrer m'asseoir un instant. J'assisterai à la répétition.

— Ce n'est pas une répétition, nous déjeunons.

— C'est autre chose. Je m'en vais. Garde-moi ton dîner, hein ? A sept heures et demie, chez Paire si tu veux.

— Impossible aujourd'hui, mon chéri. Sa mm e est à la campagne et il ne me quittera que demain.

— Charmant !... Tu as un cynisme... Et lui-même n'en manque pas... car, enfin, mes chers amoureux, j'en suis bien fâché, mais e suis un tout petit peu chez-moi ici...

— Tu n'est pas venu depuis un mois et demi !

— Raison de plus... En somme, c'est moi qui paie la chambre !...

— Lui aussi, mon petit Robert.

Il n'y avait plus rien à dire. Je descendis et déjeunai seul, dans un bouillon quelconque, à la hâte. « Lui aussi ! ». On n'invente pas de tels prétextes ; ce devait être vrai et, en prenant mon café, non seulement j'avais pardonné à Rosella, mais je me blâmais d'avoir pu me croire des droits sur une femme parce que je l'entretenais. Il n'y a que l'amour qui donne des droits, et je n'aimais pas Rosella.

Je m'en fus sonner chez Henriette.

— Oh ! en voilà un revenant, entrez-donc, monsieur Robert !

C'était l'inévitable Constance, le bon laideron de Constance, le chien de garde.

— Nous avons de la compagnie, mais vous ne serez pas de trop !

Constance me poussa dans la petite salle à manger. Il y avait là trois jolies filles : Henriette, qui éclata de rire en me voyant, et deux de ses amies qui, paraît-il, me connaissaient pour avoir entendu parler de moi : l'une, habillée simplement, avait des yeux timides qui me fuyaient ; l'autre, vêtue selon le modern-style des ateliers de peintre symboliste, affectait d'attacher, à ma venue, une médiocre importance. Je sus cependant tout de suite qu'elle s'appelait Marcelle et n'aimait pas les militaires, si peu gradés fussent-ils. Je devinai sans peine que cette opinion n'avait aucune espèce d'importance.

Je repris, sans enthousiasme, une tasse de café.

J'étais tout dépaysé. J'avais beaucoup de peine à accrocher quelques mots aux phrases futiles de quatre petites amies et je ne trouvais rien, de mon côté, à proposer comme sujet de conversation. J'eus une minute de mauvaise humeur, et je dois avouer que j'accusai Blanche d'être la cause directe et lamentable de mon désarroi. Puis, j'eus honte de mêler la jeune fille à la société que j'avais recherchée pour la fuir, et je m'efforçais d'être gai. Il ne faut pas beaucoup d'efforts pour me contraindre à cette extrémité qui se trouve être, comme vous savez, mon état normal.

Par un trait emprunté à mon caractère volage du temps de mon adolescence, j'abandonnai peu à peu les taquineries platoniques qui étaient mon habituel jeu avec Henriette pour m'occuper exclusivement de son amie Marcelle.

C'est un petit bibelot parisien tout à fait curieux. La toilette, la coiffure jusqu'au visage tiennent de plus près à l'orfèvrerie qu'à la féminité courante. Pour décrire la robe, il faudrait faire appel à la gamme de mots magnifiques, que suggère un Gustave Moreau ou à l'art d'un méticuleux imagier pour contes de fées. Les couleurs en sont nombreuses et éteintes à la façon d'un gobelin vieilli dans une tour où le soleil aurait eu ses séculaires petites entrées. Le cou est libre, tige d'ambre pâle. Ignorant l'astuce du corset, tout le corps souple dessine, à sa fantaisie, les contours du corsage et de la jupe. Les cheveux ont perdu le sens commun : ils pointent, fusent, plaquent tour à tour ; ils s'arrondissent, pirouettent, cabriolent, font des signes, se cachent, s'agitent ; il y en a qui ressemblent à de légères grappes de glycine à côté de certaines boucles qui font songer à de lourdes et larges feuilles d'acanthe... Les yeux, gris mauve, sont abrités sous des sourcils châtain foncé, nets à paraître peints — ce qui n'est pas. Les oreilles sont complètement ensevelies sous la fine mais opaque draperie d'or pâle des cheveux. Presque tous les doigts, longs et minces, portent des bagues.

Elle parle d'une comédie nouvelle avec un petit air entendu qui vient certainement de la même source que l'idée de la robe et que l'architecture des torsades, des bandeaux et des frisures. On cherche, malgré soi, le fil de fer, soutien général de ce joli corps et de cette âme minuscule et obéissante. C'est à la fois très simple et on ne peut plus compliqué. On devrait être ému par les piquantes révélations de la gaine de la robe, mais c'est plutôt la curiosité qui trouve là sa pâture et ses joies. De même le bouquet d'artifice de ses cheveux n'amuse qu'au premier abord. Dès qu'on s'aventure à le décomposer, il paraît froid et comme figé. Trop d'art tue la poésie. Il n'est pas jusqu'aux bagues qui n'alourdissent plutôt qu'elles n'ornent : comme le jeune clown qui louche vers la tache noire dont il a orné le bout de son nez blanc, Mlle Marcelle n'a d'yeux que pour les pierres simili précieuses de ses mains et les bracelets de fer ouvragé et d'or qui cliquètent à ses poignets.

Assez au courant des théories de l'art néo-mystique, je me bâtis, de toutes pièces, une opinion sur la peinture et sur la poésie qui devait plaire à cette moyen-âgeuse grisette. Elle plut en effet. Ce fut comme si une magicienne d'un coup de baguette avait changé mon uniforme de drap grossier contre un pourpoint de satin gris souris ; ma lebel s'était raccourcie en fine dague damasquinée.

Henriette ne paraissait pas jalouse de la tournure prise par mes avances. Un mot me renseigna à ce propos :

— J'ai peur que vous perdiez votre temps, monsieur Robert. Marcelle est un petit glaçon.

— Gare au dégel, répliquai-je par malice.

Vers cinq heures, un fiacre découvert portait vers Montrouge un bon pioupiou souriant et une petite poupée qui ressemblait à une cousine du *Printemps* de Boticelli.

— J'ai loué dans cette maison parce que les murs du vestibule sont en céramique et que les peintures de l'escalier donnent frais aux yeux, dit Marcelle en ondulant vers la loge de son concierge.

A la porte de son appartement elle ajouta :

— Prenez bien garde. Il y a beaucoup de petits objets d'art sur les tables et le long des murs.

Elle m'installa sur un divan, en face de son lit, et s'en fut confectionner du thé... La chambre était le chef-d'œuvre du désordre. Les yeux ne pouvaient se poser nulle part avec sécurité ; ils fuyaient d'objet en objet, d'une estampe à une statuette, d'un tambourin à un masque chinois, d'une potiche à une

oriflamme. Et cependant l'on sentait que tout cela était voulu, calculé, à sa place officielle. Qui donc a dit que l'appartement était l'image du cerveau qui l'habite ?

Les pieds dans de mignonnes mules, et vêtue d'un ample et transparent peignoir, Marcelle s'avança vers une glace et rejoignit son image à qui elle sourit comme à une amie. Tout à coup, l'échafaudage de la coiffure se désagrégea et, d'une longueur imprévue, les cheveux couvrirent les épaules et la nuque.

Bien sage dans mon fauteuil, je songeai à mes petites amies de la loge 8 *bis*, au concert de la Pépinière. Et ce souvenir, âgé à peine d'un an, me vieillit étrangement. Il semble que je sois né spectateur. D'ailleurs, dirait M. de La Palisse, il n'y a rien de meilleur pour voir que de regarder : je regarde assidûment. Le monde extérieur m'intéresse. J'aime la couleur, le mouvement. J'adorerais voyager. Et tout en considérant la grâce aisée avec laquelle marche cette petite Marcelle, redevenue femme en quittant sa robe et sa coiffure théâtrales, je me demande si ce qui m'attache à Blanche n'est pas simplement, aussi, la curiosité, une autre espèce de curiosité.

— Sans reproche, vous n'êtes pas bavard.

— Oh ! pardon. Je vous regardais.

— Non. Vous songiez, et j'étais une sorte de vision indécise. Je ne déteste pas cela. La vie n'est pas toute dans la parole. Le silence a sa musique et sa poésie. Tenez, buvez de ce thé ! C'est le breuvage discret des soirs mélancoliques.

Elle ne vint pas s'asseoir sur mes genoux, comme je croyais qu'il allait arriver : elle continua à vaguer à mille petites occupations qu'elle improvisait tour à tour.

De minute en minute, nous devenions plus familiers. Marcelle me passionnait fort peu, mais je la suivais sans déplaisir, avec la sympathie qu'on peut avoir pour un être jeune, frais, et parfumé.

J'étais fait pour peindre ou sculpter toute ma vie des Diane et des Léda. J'ai manqué ma vocation. Et j'en suis réduit à regarder, à admirer, au lieu de créer. La postérité n'y perdra sans doute pas grand chose.

Qu'on me pardonne donc mon inclinaison à mettre de jolis visages en marge de ces souvenirs.

Je revins voir Marcelle plusieurs fois, la quinzaine qui suivit ce dimanche de présentation. Je revis également Rosella qui ne me garda pas rancune de mes reproches « injustifiés », déclara-t-elle, avec cette ingénuité du mensonge qui s'accentuait de plus en plus chez elle. Bref, je repris les habitudes que je n'aurais jamais dû laisser perdre.

Il en résulta que Blanche m'apparut de nouveau une chaste petite amie qu'il était de mon devoir d'aimer comme une sœur ou comme une petite malade. Elle-même montra beaucoup de joie à ce regain de notre intimité.

Tout était rentré dans l'ordre.

Ce fut l'accalmie qui précède le gros orage.

X

OÙ TOUTES LES IDÉES ET TOUTES LES PRÉOCCUPATIONS DE ROBERT PRENNENT BRUSQUEMENT UNE NOUVELLE DIRECTION.

J'ai dit que mon oncle Valentin Lescure exigeait qu'on le prévînt le samedi si l'on désirait déjeuner le dimanche à sa table. Ce dimanche-là, j'étais en règle. Je fis mon entrée à onze heures vingt-cinq, pour n'avoir pas trop à attendre le solennel : « Monsieur est servi. » J'aime beaucoup mon oncle Valentin, ses menus et sa cave; et aussi les invités du dimanche fort variés, mais je déteste insurmontablement les préliminaires dans le salon glacial. Sauf quelques méridionaux d'imperturbable sang-froid, et qui sont, toute leur vie et partout, toujours semblables à eux-mêmes, tout le monde subit l'influence des milieux. Il y a des maisons où je passe pour un esprit très fin. Il y a des maisons où j'exprime sans relâche les idées les plus subversives. Il y a des salons où l'on me présente comme un jeune homme de sens pratique fort aiguisé. Il y a des maisons où je parle, d'autres où je regarde, d'autres où j'écoute.

Chez mon oncle Valentin, — dont la moustache guerrière trompe tant de gens, — je suis celui qui *écoute*, mais avec, en plus, la réputation d'extrême timidité, disons le mot d'absolue sottise. J'ai fréquenté chez lui tout enfant, et la peur qu'il m'inspira à cette époque n'est pas complètement éteinte. Parfois, je veux la surmonter. Je me documente, le

samedi, sur les deux ou trois conversations probables du déjeuner dominical. J'apprends par cœur des citations. Je me pousse des colles. Je me réponds victorieusement. Je me félicite. Et le lendemain, profitant d'un silence, je me risque. Mon oncle ne tourne même pas un regard vers moi. Il a entendu mais il ne répond pas. Personne ne me répond. On n'a pas l'habitude. Je me trouble, je rougis, je m'arrête au milieu d'une phrase. Par bonheur, le domestique m'offre du vin. Je fais semblant de m'appliquer à surveiller mon verre. Quand je lève les yeux, la conversation est relancée avec un thème nouveau et j'ai pour unique ressource de savourer le bagnols à caressantes petites gorgées.

Je ne me rends jamais Chaussée d'Antin sans une grande angoisse. Ma renommée y est solidement établie. Je suis, pour les amis de mon oncle, un petit neveu sans importance, qu'on nourrit le dimanche matin. On me met au bout de la table, auprès d'un monsieur bègue et sourd dont je n'ai jamais su le nom ni la profession. Les autres habitués sont la veuve imposante d'un mathématicien dont la renommée est morte avec les dîners, une dame à bandeaux blancs dont l'ingénuité égale la grâce majestueuse, un malicieux bas-bleu dont les livres n'ont pas d'esprit, un brave homme qui a fait un voyage en Égypte et qui en a rapporté trois anecdotes, un peintre qui ressemble à un agent de change, un vieux médecin à lunettes d'or, beau savant, froid avec les hommes et galant avec les dames, et, enfin, un avoué imberbe qui mérite un paragraphe à part.

Il a la bouche torve d'un homme qui ment sans cesse, et il a su s'acquérir une réputation de bonté follement drôle. Il regarde faux, il parle faux, il rit faux, mais lorsqu'on fait allusion à lui, on se congratule de le connaître, de pouvoir chérir ce « bon monsieur Pattelin », car il s'appelle Pattelin. Que nous sommes loin du Pathelin classique ! Le nôtre ne flatte jamais; il joue un jeu moins banal. Il a pris la figure d'un Alceste, éternel bougonneur. C'est le bourru bienfaisant, dirait-on, et il s'applique à le laisser croire. On l'entoure de prévenances obstinées. Il est riche : on s'intéresse à ses immeubles et à ses opérations comme à ses digestions. On dirait que l'aimer doit porter bonheur. On le regarde avec tendresse, comme une divinité qui tient l'avenir entre ses mains.

C'est « l'Ami » de mon oncle, ami avec un A majuscule. C'est là surtout son titre à l'attention générale. Il est l'Ami. C'est lui qui éloigne la famille, la ridiculise en ma personne. On devine si bien sa force, que certains le choient par avance, comme si la fortune n'était déjà plus à mon oncle, mais à son ami. Comme je n'ai aucune disposition pour la captation des testaments, ces manœuvres m'amusèrent longtemps.

Mais ce qui me paraissait extraordinaire par-dessus tout, c'était l'action du Pattelin sur mon oncle que je savais perspicace. Ce rôle effacé que lui faisait tenir son ami me causait un invincible étonnement. Il y avait en tout cela du magnétisme, le magnétisme qu'exhale l'homme d'affaires. Pattelin était un curieux homme d'affaires; il ne travaillait qu'aux siennes.

Ce dimanche-là, il y avait bien maître Pattelin, tout guilleret d'une récente rouerie, sans doute; il y avait bien le beau vieux docteur froid et le monsieur sourd et bègue, mais je me trouvais, vu le petit nombre des invités, être à la droite d'un monsieur jeune encore et fort élégant, pour lequel mon oncle déployait une courtoisie particulière, et que je ne connaissais pas. Or, il arriva un phénomène fort singulier. Ce monsieur, ignorant les coutumes de la maison, me parla avec affabilité et moi-même, étant sans habitudes à son égard, je lui répondis le mieux du monde.

C'était Collin, le grand industriel qui fit une si rapide fortune dans les moteurs à gaz. Extrêmement sociable, il était au courant de tout, en art et en science. Mon uniforme lui fut une occasion de parler fournitures militaires et approvisionnements. Il avait des opinions fort arrêtées et souvent intelligentes. De mon côté, je pus citer quelques petits détails précis, à propos de la manutention et des équipements. Je me passionnai à sa suite. Mon oncle était ébaubi.

Comme M. Collin et moi prenions le café tête à tête, — les autres convives s'étant retirés à la suite de l'oncle et de son ami qu'un petit verre de bénédictine attendait au salon, — M. Collin me proposa de m'emmener à une matinée dansante qu'il donnait chez lui, l'après-midi même.

Je me laissai conduire, satisfait de n'avoir plus de décision à prendre moi-même. J'ignorais encore l'emploi à venir de ma journée. C'était une solution imprévue et aimable. J'acceptai tout de suite. Je ne fis qu'une objection, pour la forme:

— C'est que je suis drôlement vêtu, pour aller danser.

— L'uniforme du troupier n'est ridicule en aucune circonstance, dit M. Collin; et, du reste, je vois que vous avez des souliers de fantaisie!

C'était exact. Ce fut, je crois bien, mon unique coquetterie au régiment, coquetterie non superflue. Il n'y a qu'une sorte de chaussures pour une grande variété de pieds. Les miens ne trouvèrent jamais, à la caserne, la pointure de leur rêve.

Un coupé attendait dans la cour. Il était coquet et confortable. Les roues, caoutchoutées, autorisaient à converser.

— Encore quelques mois et vous serez libre, n'est-ce pas, monsieur mon jeune ami? Qu'est-ce que vous comptez faire?

Jamais je ne m'étais interrogé avec cette précision. Le moelleux des coussins, l'élan harmonieux des chevaux, la digestion agréable, la jolie voix et la politesse de mon interlocuteur, tout se prêtait à éclairer mes idées. Je répondis sans hésiter:

— J'aime les livres en cercle autour de moi. Je travaille mieux en face de ces témoins sympathiques. Je ne me sens pas né pour la gloire; nul génie ne bouillonne en moi. Je ferai des recherches et publierai beaucoup de petits travaux sur les points obscurs de notre histoire. J'aurai une petite maison à Auteuil. J'irai tous les matins à la Bibliothèque nationale, et les dimanches, mes amis viendront me voir et nous causerons des hommes d'aujourd'hui et des habitudes d'autrefois. J'aurai une vieille gouvernante et beaucoup de jeunes chats. J'irai au théâtre de temps en temps. Peut-être ferai-je des pièces en un acte pour l'anniversaire de la naissance de Racine et de Beaumarchais.

M. Collin me regardait en souriant:

— C'est un vieux garçon qui me parle. Dans votre petite maison d'Auteuil, il n'y aura pas de place pour une femme et des enfants?

— Je serai certainement amoureux de ma papetière et je donnerai de gros pourboires à la bonne de chez Duval qui me servira mon déjeuner, au sortir de la Bibliothèque. C'est de quoi m'occuper bien des années. Plus tard, quand tous mes amis seront mariés, j'épouserai peut-être une pauvre fille obligée à donner des leçons de piano pour vivre. J'adore la musique.

— Je crois que vous aimez surtout votre tranquillité. Vous êtes un jeune sage. Si vous avez beaucoup de volonté, vous réaliserez votre bon rêve. Quand j'étais petit étudiant à l'École centrale, je ne pensais qu'à une chose: conquérir une grande situation mondaine et une belle fortune. Je suis arrivé à l'une et l'autre. Votre plan d'avenir n'est pas plus aisé à suivre exactement que le mien. J'habite aussi Auteuil. Si c'est votre penchant de vivre seul avec les livres, il faut le suivre et courageusement. Je vais vous montrer ma bibliothèque.

Nous arrivions.

Le concierge, prévenu par le grelot des chevaux, avait ouvert les grandes portes et nous roulions sur le sable d'une large allée bordée de géraniums roses, de cannas et de baliziers. Les pelouses étaient vertes et unies, les arbres rares et d'essences exotiques. Il y avait aussi un fût de colonne dorique ornée de lierre. Le jardin avait un aspect apprêté qui me gêna. J'eus la vision de mon petit jardin à moi (le jardin de mon rêve de la voiture), plein de roses, de chèvrefeuille, de clématites, de glycines mauves et où les allées seraient étroites et ne laisseraient passer que la lente promenade avec une compagne jolie ou un ami peu bruyant.

Sur le perron, une grande jeune fille apparut.

— C'est toi, père? Eh bien, ce n'est pas dommage. Tu me laisses seule pour les derniers préparatifs. Je suis débordée.

— Ne me gronde pas, Aline, je t'amène un aide... M. Robert Miral, le neveu de Valentin Lescure, le chimiste.

— C'est vrai, monsieur, vous voulez bien me donner un coup de main? Alors, posez vite votre képi, enlevez vos gants et suivez-moi dans la salle des fêtes. Je vous nomme

lieutenant et vous donne droit de vie et de mort sur tous les domestiques qui ne vous obéiront pas.

Elle portait deux grands vases de fine verrerie d'art. Je lui demandai de me les confier:

— Êtes-vous adroit, monsieur? Ce sont mes vases favoris. J'y tiens comme à mes yeux!

J'ébauchai un compliment. Elle me tendit les objets en s'écriant:

— Première convention: pas de galanterie dans l'exercice de vos fonctions.

Nous traversâmes le jardin assez vite. J'avais peine à la suivre. Je ne songeai pas à me trouver ridicule. Brusquement, j'avais été conquis par cette pétulance, ce sans-gêne, cette activité, cette grâce maligne. La jeune fille marchait d'un pas aisé, rapide, bercée tout entière, et ses yeux se posaient sur chaque chose avec le souci de tout contrôler.

La salle de spectacle où devait se donner la fête était située au fond du petit parc.

C'était une construction moderne et légère, tout en bois de sapin blond; on y arrivait par deux courts escaliers en fer de cheval, séparés et dominés par un énorme catalpa en fleur. L'intérieur était décoré d'une longue frise, *Farandole de Parisiennes*, signée Willette, à n'en pas douter, et le mobilier était de style unique et absolument original, signé, lui aussi, d'un jeune nom d'artiste novateur. Le plafond était vitré et fait d'ovales concentriques à larges figures décoratives en teintes pâles. Il était en partie mobile, pour l'aération. Les fenêtres, à vitraux clairs également, étaient repliées et donnaient sur les pelouses. On pouvait se croire, dans le jardin, sous un dais, tellement tous les ornements se mariaient avec harmonie à la verdure et aux fleurs des massifs. Cinq ou six valets de pied réparaient les erreurs signalées par la jeune maîtresse de maison, chaises mal rangées, plantes vertes trop encombrantes, etc. Je fus préposé à la mise en scène du buffet que M{}^{lle} Aline venait de faire déplacer *in extremis*.

Je me tirai assez adroitement de ma mission, et M{}^{lle} Aline voulut bien me reconnaître un certain talent de décorateur. Ma docilité, surtout, la ravissait. De mon côté, je lui avouai mon étonnement de la voir si entendue à commander:

— C'est un art, et vous le possédez jusqu'à la minutie.

— Je suis née pour dominer.

— Bien sot qui s'en plaindrait.

— Vous êtes un excellent collaborateur, ripostait-elle : vous savez obéir. C'est tout un art, et vous le possédez jusqu'au génie.

— Je suis né pour servir.

— Nous nous entendrions joliment bien !

Lorsque les invités commencèrent à entrer, je repris mes gants et mes soucis :

— Je ne connais certainement personne parmi vos invités. Je vais être très gauche. Je me mets sous votre protection.

— C'est entendu, me répondit tout haut la jeune fille, en serrant la main d'un grand jeune homme tout blond et rose, — et tenez, nous ouvrirons le bal ensemble.

Le grand jeune homme blond et rose, qui souriait, fit une grimace avec ses sourcils et son front ; puis il dit :

— Eh bien ! et moi ?

— Tiens, je vous avais oublié. Tant pis. Vous aurez la seconde valse.

Et elle courait vers un nouveau groupe d'arrivants. Le grand jeune homme blond et moi étions face à face, au milieu du salon. Je préparais une phrase polie, quand, brusquement, il me tourna le dos.

Il alla conter sa déconvenue à un ami. Je vis qu'ils parlaient de moi. Je fus un peu gêné et je m'éloignai. Dans mon dos, je les entendis éclater de rire. Mais j'étais d'excellente humeur, et je ne leur en voulus pas de leur évidente impolitesse.

Mlle Aline fut exquise. Il se trouva que, valseur d'ordinaire médiocre, je valsai dans la perfection. On nous regarda beaucoup. Personne ne m'avait jamais vu. On cherchait à se renseigner.

Après la valse, partis d'un groupe d'adolescents imberbes aux smokings impeccables, des mots essayèrent de me mordre au passage :

— Quel est ce nouveau favori ?

— On ne sait pas. On l'a trouvé aux Tuileries, sans doute, sur un banc, entre deux nourrices.

— Mais enfin, il n'est pas beau...

— Eh ! mon cher, le prestige de l'uni-

sourciliai point. Je devinais bien

qu'on parlait de moi, mais je ne ressentais aucun déplaisir. Même une sorte de satisfaction me caressait. Je rendais jaloux tous ces petits prétendants ; je jetais le désarroi dans les ambitions et les convoitises ; je m'amusais.

Isolé, je riais dans ma barbe.

A la fin de la berline que je dansai avec Mlle Aline, et sans trop de maladresse, le grand jeune homme blond et rose se précipita et dit à ma compagne :

— Il paraît qu'il y a une espèce de cotillon. Vous m'accorderez bien, au moins, cette compensation ?

— Trop tard, mon cher. J'ai promis à M. Miral. Voulez-vous que je vous présente ? ajouta-t-elle, en souriant avec une malice non déguisée... Le vicomte Paul de Ligneux, monsieur Robert Miral.

Le vicomte Paul ne cacha pas son dépit. Il préparait Saint-Cyr, et ma présence renversait toutes ses théories sur la hiérarchie et les convenances. Il devait raisonner ainsi : « Comment ! ils n'ont pas le droit de monter dans un compartiment de première classe et celui-là va conduire le cotillon ! C'est l'anarchie. »

Le vicomte Paul fit un grand salut et bouda jusqu'au départ.

A vrai dire, je n'avais pas demandé à Mlle Collin de m'accorder le cotillon. C'est elle qui avait arrangé cela. Je la remerciai tout bas. Mais au fond, j'étais troublé. Mon bonheur allait trop vite. Je n'aime pas qu'on me bouscule. La jeune fille devina mon trouble :

— Je vous parais un peu folle, n'est ce pas ? C'est plus fort que moi. J'ai la sympathie foudroyante. Vous me plaisez beaucoup. Pardonnez-moi.

Je crois bien que je rougis, mais d'une certaine façon qui ne déplut pas à Mlle Aline, car elle me prit le bras et m'entraîna vers le buffet. Sa main, qui tremblait un peu, corrigea la brusquerie de sa déclaration. J'étais dompté.

— Mademoiselle, dites-moi, ce n'est pas un jeu ?

— Ce n'est pas un jeu.

— Ce serait bien dangereux. Songez-y ! Si vous m'encouragez...

— Je vous permets tout, excep-

...ser aujourd'hui avec une autre personne.

— Cette idée ne me serait pas venue.

— C'est vrai?

— Je vous le jure.

— Je suis contente. Car je suis très jalouse, vous savez.

Nos bras se serrèrent, et, comme l'orchestre préludait à une valse, nous nous mîmes à tourner follement.

L'amour est un enfant qui fauche.

Venu on ne sait d'où, il est entré, souriant, dans le grand champ tranquille où se prépare, en épis, la multiple vie. Sans penser à mal, d'un joli geste mutin, il a levé la faux qui brille...

Que lui importe que la moisson ne soit pas encore mûre!

Devant ses yeux, qui ne regardent pas, tombent, à jamais meurtries, les fleurs pour demain et les grains qui ne pourront pas germer. Les petits cocons verts des coquelicots meurent avant d'avoir crié leur chanson de joie et de sang. Les bluets rugueux avaient à peine entr'ouvert leur prunelle d'azur; les nielles se dressaient espièges et ironiques et toute la forêt tendre des épis se balançait doucement.

L'étendue vivait toute sans rien attendre, sans prévoir le bien, sans crainte du mal.

Elle n'a pas vu l'enfant entrer.

Il chantait, mais elle ne savait pas entendre le chant de ces lèvres inconnues.

Il marchait, mais c'était l'amour et les pas du dieu ne se révèlent qu'aux privilégiés vers lesquels ils se hâtent.

L'amour est un enfant qui fauche.

XI

OU ROBERT RACONTE A BLANCHE SON AVENTURE DE BAL

Ma nuit fut fort agitée. Au réveil, j'étais tout fiévreux, avec une migraine menaçante; mais les violences de la journée eurent raison de mes nerfs. L'après-midi me parut d'une longueur désespérante. A chaque instant, mon esprit s'évadait des rangs vers Paris, vers un petit coin lumineux de Paris : je me fis faire plusieurs observations durant l'exercice... J'avais hâte de revoir Blanche, ma

bonne petite amie : c'était ma confidente toute indiquée.

Enfin l'heure de sortir sonna.

Je courus presque ; j'escaladai mes deux étages, faisant sonner au mur le fourreau de ma baïonnette pour annoncer ma présence. Devant la porte de ma chambrette, je m'arrêtai pour reprendre souffle et chercher ma clé. J'entendis une toux bien connue : Blanche était déjà chez moi. La quinte l'avait empêchée de m'entendre monter.

Elle toussait horriblement et moi j'arrivais le visage souriant, le cœur tout plein d'une autre! Je faillis redescendre, aller cacher ma joie dans les allées du parc. Mais l'on m'avait tout à coup pressenti : la porte s'ouvrit doucement. Blanche, rougissante, me donnait son bonjour silencieux, son baiser des yeux.

— Bonjour, ma petite Blanche! Comme vous toussez! Vous avez commis quelque imprudence hier?

— Non...

— Je suis sûr que si. Qu'avez-vous fait tout ce grand jour?

— Rien. Mais vous, vous, dites. Vous avez l'air content. Racontez-moi votre dimanche.

J'étais dans le fauteuil. Blanche vint s'asseoir à sa coutume sur mes deux genoux. Comme elle était légère, ma petite Blanche, si légère que parfois j'oubliais qu'elle était là et j'essayais de croiser mes jambes! Mais la toux reprit. Ma pauvre amie souffrait. Elle le niait obstinément, par crainte de me donner du chagrin ; mais je le voyais ; je le sentais.

Qu'imaginer, pour la distraire? J'avais beau chercher, je ne voyais que le bal de la veille. Il me semblait que le monde entier avait dû être informé de cette matinée et je croyais n'avoir vécu que cette journée. Tout mon passé s'était fondu. Mais, cependant, j'avais conscience que ce serait un crime de mêler mon amie à cette histoire.

Elle, comme poussée par un pressentiment ne cessait de répéter :

— Dites, racontez ?

Et ses yeux me dictaient une réponse : « Dites que vous avez pensé à moi, mon chéri, dites-le moi, cela me fera tant de plaisir ! »

Je voulus éluder la question.

— Oh! tu sais, un dimanche comme un autre... Pourquoi souris-tu?

— C'est que vous..., c'est que tu m'as tutoyée!

— Tiens, oui. Veux-tu que je continue?

— Oh! oui.

Elle était heureuse. Son cœur battait : un rien l'emplissait de joie, à déborder.

— Tu as vu ton amie... du théâtre?

— Non! ma foi non.

La poitrine de Blanche se soulevait de bonheur : « Il ne l'a pas vue, il ne l'a pas vue! »

— Alors, qu'est-ce que tu as fait?

— J'ai déjeuné chez mon oncle, tu sais, qui ressemble à un vieux général. Pas très intéressant le déjeuner, sauf le menu. Il y avait un certain vieux petit vin dont j'ai oublié la date de naissance, mais dont le parfum m'est resté dans la tête. Puis je suis allé à une matinée dansante. Voilà.

— Tu as dansé?

— Mais oui.

— Ah!... moi, je ne peux plus, je suis tout de suite essoufflée.

— Tu aimes la danse?

La petite tête blonde hoche un *oui* mélancolique. Puis :

— J'aurais aimé danser avec toi!... avec qui as-tu dansé?

— Mais avec... plusieurs jeunes filles.

— Plusieurs!

— Mais oui, plusieurs. Deux ou trois insignifiantes et une très jolie, la fille de M. Collin, le grand industriel; tu as dû passer devant sa villa, dimanche dernier. C'est la grande grille rouge et or qui se trouve tout près de l'église, à Ville-d'Avray. Très chic M. Collin. C'est lui qui est venu à moi; j'étais en uniforme : nous avons causé régiment, marche, tir, manutention. Quand il a su où j'étais en garnison, il m'a parlé de sa propriété qui se trouve sur l'itinéraire des marches militaires de notre régiment. Il m'a fait beaucoup bavarder, si bien que je ne me suis pas ennuyé et nous nous sommes séparés les meilleurs amis du monde.

Blanche avait quitté mon épaule, s'était dressée un peu et me regardait avec attention, les lèvres entr'ouvertes. Son petit nez battait comme les ailes d'un oiseau blessé. Elle

m'écoutait de toute son âme, avec la peur que je ne dise pas toute ma pensée et la terreur que je lui avoue ce qu'elle pressentait. Elle murmura :

— Alors, elle est très riche, cette jeune fille?

— Trop!

— Trop?

Je m'aperçus que je m'étais trahi. Les confidences les plus terribles tiennent dans un mot prononcé d'une certaine façon. Une inflexion suffit ou bien un geste involontaire. Je voulus rebrousser chemin :

— Baste! je n'y songeais guère, il y a un instant, en montant l'escalier. J'étais content, je ne pensais qu'à toi!

La petite tête blonde fit « Non! » mais les yeux en même temps me demandaient pardon de ce doute. Il y avait une telle bonté dans le cœur de ma petite amie qu'elle aurait voulu m'éviter de penser qu'elle souffrait de mon aveu maladroit. « Pourquoi torturer cet enfant? me disais-je, sagement. Tu vois bien qu'elle t'aime. Ne lui raconte pas ton aventure. Tâche de parler d'autre chose. »

— A toi, maintenant, ma petite rose blanche...

— Oh! moi! Tu sais, quand tu n'es pas là... Mais, en dansant, vous causiez.

— Pas beaucoup.

— De quoi as-tu parlé?

— Je ne sais plus. De tout, de rien : du régiment, des pièces qu'on joue à Paris. Conversation banale.

Je ne mentais pas. Les sujets de mes conversations avec Mlle Collin avaient été fort quelconques. Mais, qu'est-ce que les mots en eux-mêmes? Des vêtements, à peine; des voiles sans forme, sans couleur, qui ne signifient que s'ils sont prononcés, que si l'on en drape un corps, une idée. J'avais parlé de la pluie à Mlle Collin, avec un accent de fièvre et de grande joie.

Blanche s'obstina :

— Comment est-elle faite?

— Mais, ma chérie, pourquoi toutes ces questions? Ce n'est pas la première fois que je vais au bal et que je danse avec une jeune fille. Je ne la reverrai peut-être jamais!

— Si, tu la reverras. Elle est grande, brune?

— Oui, assez grande, brune, avec des yeux

noirs admirables. Elle est très gracieuse, sauf qu'elle parle un peu trop haut. Elle a une assurance qui ressemble un peu à de l'orgueil. Tout le contraire de ce que j'aime, tu vois !

— Est-ce qu'on sait pourquoi on aime ? On sent seulement que l'on aime.

— Pour toi, ma mignonne, qui as le cœur simple et l'âme toute pure, cela peut se passer ainsi ; mais moi je suis un vilain raisonneur. Je sais très bien le pourquoi et le comment de mes émotions et je les corrige quand elles ne sont pas selon mon goût et mes théories. Il est bien certain que je garde un excellent souvenir de cette personne. Elle a été vraiment très aimable. Elle a voulu que je l'invite pour le cotillon final et nous avons bavardé comme deux camarades, sans embarras, en toute confiance.

— Oui.

— Il me semblait la connaître depuis toujours.

— Oui.

— Je ne peux pas me figurer que je ne l'avais pas vue avant ce bal d'hier.

— Comme c'est bien cela.

— Que veux-tu dire ?

Blanche, sans que j'y prenne d'abord garde, avait scandé mes phrases de petits hochements de têtes fébriles. En disant : « Comme c'est bien cela ! » elle se leva. Il faisait noir. Mais je la vis se tamponner rapidement les yeux. Elle alla s'asseoir sur le canapé. Alors elle acheva sa pensée :

— Vois-tu, mon Robert, tu aimes cette jeune fille, j'en suis sûre !

Et ses pauvres yeux ajoutaient clairement : « Tout ce que tu viens de décrire je l'ai ressenti à ton approche, le premier jour. Je sais ce que c'est que d'aimer. Tu aimes, à n'en pas douter. »

Je lisais en elle son douloureux secret et son grand désir de l'exprimer, de le pleurer sur ma poitrine, mais je fus lâche, je fus égoïste, je ne voulus pas l'aider. Le pouvais-je du reste ? Je me contentai de sourire à son affirmation :

— Mais non, mais non. En voilà une idée.

Puis nous retombâmes dans le silence, selon notre habitude.

Peu à peu, je me détachai d'elle, ma pensée s'en fut vagabonder dans le sillage de l'Aline, dans le tourbillon de son rire joyeux et sain.

Au contraire, Blanche se rapprocha de moi. Elle quitta le canapé et vint se tapir près de mon corps. Sa petite tête blonde, ébouriffée, s'appuya doucement sur mon épaule, et je la vis sourire. Si je n'avais pas connu toute la pureté d'âme de cette enfant, j'aurais imaginé qu'elle pensait à l'autre, à celle que j'aimais, et qu'elle comparait son propre bonheur à l'éloignement de sa rivale. Mais je lisais dans le cœur de Blanche comme dans un livre de contes pour les tout petits : elle souriait de son bonheur à elle, sans songer à autre chose qu'à ceci : « J'ai ma tête contre Son épaule ! »

XII

OÙ ROBERT NE SAIT PLUS TROP APPRÉCIER SON BONHEUR

L'après-dînée, à Ville-d'Avray, avenue de Saint-Cloud. Il est huit heures ; c'est le moment des digestions aisées, des promenades lentes vers les allées où la nuit commence à entrer, énervant les fleurs qui odorent davantage. Le petit commerçant porte sa chaise sur le trottoir fraîchement arrosé. Les enfants ne veulent pas aller se coucher. Dans les bosquets étiques des caboulots, le bon peuple se paye des bocks. On cause d'une voix molle. S'il passe un cycliste les chiens eux-mêmes ne se lèvent pas.

Tout à coup une rumeur vient du côté de Versailles, ferme, mâle, cadencée. La poussière blanche qui forme un épais tapis sur la route s'élève en un brouillard opaque.

— C'est le 129 !

Et tout le monde s'apprête à applaudir les petits lignards. En attendant, ceux-ci chantent à tue-tête. Les pioupious sont gais. Leur barbe et leurs sourcils poudrés leur donnent un air martial et drôle en même temps : leur œil est si jeune ! Le sac leur est léger en cette tiède soirée. Gaillardement, ils dévisagent, sans distinction, les petites bonnes et les jeunes bourgeoises. Leur talon frappe le sol, rythmant les couplets de la *Boiteuse* et du *Tambour-major*. Gaudriole ou chant patriotique, ils mélangent les genres sans malice.

Ils sont heureux qu'on les regarde, ils relèvent le front, cambrent la poitrine, redressent leur fusil avec, au bout des doigts, des frémissements d'indéfinissable jouissance. Ce doit être le diminutif exact de la sensation ressentie les soirs de vraie gloire guerrière.

On applaudit, on crie. Les petits soldats se rengorgent. Déjà, quelques minutes auparavant, dans le bois des Fausses-Reposes, des gamins, des promeneurs, des marchands ambulants leur avaient fait cortège. Maintenant, c'est la foule qui les contemple. Les portes s'ouvrent vivement, les volets claquent contre les murs.

Mais je voyais mal tous ces petits détails qui impressionnaient mes compagnons de route. Je n'avais de pensée, je n'avais d'yeux que pour la grille rouge et or que j'apercevais, à droite du petit clocher, la grille du petit parc des « Cèdres » qu'habitaient depuis quelques jours les Collin. Je distinguais très nettement la présence d'une toilette claire au haut du mur qui soutient la terrasse du parc.

C'était Aline.

Lorsque je passai, elle me sourit et agita une dentelle blanche.

— Veinard de Miral ! cria mon voisin.

Nos amours en étaient à leur troisième quinzaine. J'avais revu deux fois Aline et son père ; une première fois au théâtre : le père et la fille avaient été exquis d'empressement et les entr'actes en leur compagnie m'avaient largement compensé du copieux ennui dégagé par la pièce.

Notre seconde entrevue avait eu lieu chez mon oncle Valentin. Mais elle avait été très désagréable pour moi. Par les soins sans doute du petit père Pattelin, l'homme à la bouche torve, je n'avais été placé ni près de M. Collin, ni près de sa fille. J'avais à ma droite l'inamovible bègue et sourd et à ma gauche un petit collégien que personne n'avait l'air de connaître et qui mangeait et buvait sans relâche. M. Collin m'adressa plusieurs fois la parole. Aline, placée près de mon oncle et du même côté de la table que moi ne pouvait pas me voir sans se pencher, ce qu'elle ne fit qu'une fois en hochant la tête, vraisemblablement pour s'excuser du contre-temps. De l'autre côté d'Aline, on avait mis un jeune attaché d'ambassade, Pierre Cholet, avec lequel je ne cherchai jamais à me lier, à cause

de la fatuité insolente qu'il montrait, mais qui avait un joli profil et une conversation attachante. Ce voisinage ne me déplut pas tout d'abord ; j'espérai qu'Aline en tirerait du plaisir et que cela rejaillerait sur moi, le neveu de l'amphitryon. Mais je m'aperçus vite que le précieux attaché parlait à peine à la jeune fille et se mêlait à la conversation générale. Aline devait en avoir du dépit et je maudis ce M. Cholet de son manque de délicatesse. Cette indifférence à l'égard des jeunes personnes faisait d'ailleurs partie de sa tactique mondaine.

Le déjeuner achevé, quelques hommes restèrent pour fumer dans la salle à manger, tandis que les dames et les vieillards gagnaient le salon. J'hésitai. D'un côté, il y avait Aline de l'autre M. Collin. J'optai pour le devoir et restai près du père. Il fut très affable à sa coutume et me convia à aller déjeuner le dimanche suivant à Ville-d'Avray.

Puis, ayant remarqué tout à coup que Pierre Cholet et ses moustaches noires étaient du côté des dames, je m'esquivai et pus échanger deux ou trois phrases banales avec celle que j'aimais. Le salon sévère de mon oncle figeait un peu l'exubérance d'Aline et ses sourcils parfois se rapprochaient et cela exprimait le dépit qui la saisissait à certaines phrases sentencieuses de la conversation.

Aline n'aimait pas la contrainte. Enfant gâté, elle avait toujours parlé et senti à sa guise. Elle n'avait pris d'habitude d'obéissance qu'envers son père. Sa première impression de l'intimité de mon vieux chimiste d'oncle était mauvaise. Je songeais qu'il serait malaisé de la faire revenir souvent Chaussée d'Antin, lorsque mon oncle, peut-être parce qu'il me vit près d'elle, lui adressa un compliment assez bien tourné et la pria de s'asseoir à ses côtés.

— Savez-vous bien, mademoiselle, que je m'accoutumerais sans peine à vous avoir de temps à autre à mes côtés comme tout à l'heure ? Je désire que votre père vous amène toujours avec lui. Il n'y a jamais beaucoup de jeunesse ici et je parle un peu en égoïste, car tout le plaisir sera pour nous. J'adore voir sourire les jeunes filles. C'est un vieux célibataire qui vous parle. J'aime ce qui m'a toujours manqué.

— Vous avez un neveu charmant, dit

Aline en riant pour sauver l'audace de son propos.

— Robert? Oui, certainement, mais il est muet et distille du pessimisme. L'auriez-vous déridé?

— Il valse à ravir.

— Je ne l'aurais pas cru...

Puis, tout de suite, mon oncle ajouta :

— Votre salon est très gai, m'a-t-on dit, et vous êtes une maîtresse de maison accomplie...

— Oh! Je m'occupe un peu de tout, certainement; père est tellement pris au dehors! Il ne rentre que pour s'habiller et se préparer à repartir.

— Vous êtes souvent seule?

— Moins maintenant, car il m'emmène chez Lamoureux, à l'Opéra et à toutes les premières un peu convenables...

— Vous entrez dans le tourbillon parisien...

— Oui, cela m'amuse...

— Jusqu'à présent, osai-je prononcer.

— Je ne crois pas que je m'en fatigue de longtemps, répliqua Aline que mon oncle continua d'accaparer jusqu'au départ.

Il manquait aux mots prononcés par la jeune fille, à ses regards, à ses sourires, à tout ce qui devait nous rattacher l'un à l'autre, la confiance et l'intimité. Aline avait pour moi de l'amitié curieuse; si elle m'aimait vraiment, de quelle espèce était donc cet amour qui se contentait de si peu de choses et qui s'exprimait par des phrases si ternes?

Ce dimanche-là j'errai tout l'après-midi dans Paris, balloté entre la colère que me donnait ce déjeuner manqué et la joie que me promettait le dimanche suivant. Je n'osai pas, avant de rentrer à la caserne passer par ma chambrette. J'aurais fait souffrir ma petite amie.

Le jeudi de cette même semaine, le hasard voulut qu'une marche du soir nous conduisît sous les murs de la villa de M. Collin. Je vis dans cette circonstance une indication de mon destin. J'aime à croire que des divinités supérieures s'occupent de moi et s'intéressent à mon avenir. Il faut dire que les hasards de l'existence m'ont toujours assez bien servi.

— Veinard de Miral, répéta mon voisin en me poussant le coude.

— Elle est rudement chic ta payse, affirma un autre, ce qui fit prendre à mes réflexions une tournure imprévue.

Il n'est pas douteux que j'aime Aline et cependant cela me gêne de ne pas savoir pourquoi je l'aime et si j'ai raison de l'aimer. Tous mes compagnons de route ont, au loin, une « payse », une petite amie qu'ils connaissent depuis toujours ; leurs parents sont unis ; les caractères, les fortunes s'accordent. Le mariage est souvent une chose organisée d'avance, régulière, logique. Que sais-je, moi, de M. Collin, d'Aline? Je l'ai vue trois fois. Sait-elle même mon prénom et si mes parents existent encore? Sait-elle où je suis né et ce que je pense faire de ma vie? A quel monde appartiennent les Collin? Quelles ont été les pensées et les préférences d'Aline durant sa jeunesse et son adolescence? Des lambeaux de phrases entendues à la matinée d'Auteuil me revenaient :

« Quel est ce nouveau favori? »

Ce « nouveau » favori! Elle avait par conséquent eu avant moi des prétendants sérieux. Le petit vicomte blond devait avoir été en bonne situation, puisqu'il se croyait des droits à la première valse et à la dernière. Encore celui-là ne m'inquiétait point, j'avais vu le cas qu'en faisait Aline. Mais les autres, ceux que je ne connaîtrais jamais? Les tiroirs d'une jeune fille du monde d'aujourd'hui, de celle qui vit de bal en bal, doivent être bondés de souvenirs encore vivants. Fleurs offertes, accessoires de cotillon, et les carnets de bal où sont inscrits, d'une écriture tremblée, les noms de tous ceux qui l'ont tenue dans leurs bras. Que de passé où le mari ne pourra jamais pénétrer! Même si un amour violent le lui conseillait, la vierge moderne ne pourrait pas dire tous ces petits secrets des valses d'antan.

Me voilà devenu jaloux.

Le retour à la chambrée fut dépourvu d'enthousiasme.

Le lendemain j'eus une très forte migraine.

Je ne dînai pas sous Mazeppa et montai directement à ma chambre. Affaissé dans le fauteuil, j'étais dans cet état de lourdeur et d'indifférence nerveuse qui confine au gâtisme. Je ne parvenais pas à songer sérieusement à quelque chose, à quelqu'un. Cet état est une sorte de petite mort de l'esprit, pire que le sommeil puisqu'on en a conscience.

Je ne savais plus si j'aimais, je ne savais pas même si j'avais jamais aimé. J'étais en torpeur, comme si tout à coup les communications entre le présent et le passé avaient été coupées. La mémoire souvent me joua de ces vilains tours. Cette fois, à le constater, je me sentis tout aigre et incapable de jamais bien vivre. Je me fis honte d'être un esprit de si petite capacité. J'étais fort malheureux.

Blanche entra toute pâle.

Alors je pensai que j'étais tombé plus bas encore que je n'avais cru, puisque l'image de ma petite amie n'était pas venue tout à l'heure changer le cours de mes réflexions égoïstes. Et je me comparai à Blanche qui certainement ne pouvait pas vivre une heure sans me voir, rêver ou penser à moi.

« C'est là aimer, me dis-je. Moi je n'aime pas. »

Blanche ne savait pas raisonner. Elle vit tout bonnement que j'avais la migraine et chercha à me soulager en me préparant de la tisane.

XIII

OÙ NOTRE AMI EST PLONGÉ TOUT VIF DANS UN MONDE QUI LUI FAIT PEUR.

Je n'attendis pas que la cloche eût sonné le déjeuner pour me rapprocher du salon et d'Aline. La demi-heure que je venais de passer parmi les invités de M. Collin me plongeait dans des transes dont la vue d'Aline pouvait seule me tirer.

Je n'étais pas monté sans appréhension dans le train qui devait me conduire à Ville-d'Avray. Mon allégresse ne pouvait dominer mes soucis. Je me voyais en proie à toute une assemblée de jeunes mondains, fats et ironistes. Qu'allait devenir mon bon garçonnisme un peu lourdaud, au milieu de ces gestes raffinés et de ces sourires dont le sens m'échappait? J'allais être piteux. Cette après-midi déciderait de mon sort.

J'ai dit que j'inaugure, dans chaque maison où je fréquente, une manière d'être dont je change rarement, dont je deviens la proie. La façon dont me considéraient définitivement les habitués du dimanche, chez mon oncle Valentin, me hantait. C'est ainsi, sans doute, que me verraient les amis de M. Collin. Les jeunes

valseurs éconduits provisoirement allaient se venger. J'imaginai une conspiration. On se préparait à me bafouer, à me tourner en ridicule. Aline, elle-même, ne pourrait prendre officiellement ma défense et finirait peut-être par faire chorus. Je sortirais vaincu, en loques.

Mon entrée manqua de solennité.

Un grand valet de pied me mena tambour battant au fond du bac où se trouvait la compagnie. M. Collin m'effleura la main et me présenta vaguement à deux ou trois dames qui riaient autour de lui. J'aperçus deux autres groupes d'hommes et de femmes mêlées. Je ne reconnus aucun visage, et je m'assis à l'écart en observation.

L'endroit n'était point dépourvu de grâce. Deux grands cèdres rigides abritaient une assemblée claire de fauteuils et de hamacs. L'élégance des causeurs et les robes des dames cadraient bien à l'apprêt des massifs et au dessin des allées.

Ma tunique ne faisait pas trop mauvais effet au milieu de ces vives couleurs. J'eus quelques secondes de gai contentement. J'étais bien obligé à tous ces gens de ne pas prendre attention à moi.

Les dames avaient la trentaine et l'abandon gracieux de personnes qui n'ont rien à ménager. Leurs compagnons n'avaient plus que l'âge insoucieux de se laisser vivre : vieux garçons résolus ou maris résignés.

Je songeais tout à coup que les jeunes gens devaient être au salon, avec Aline. Mais je la vis venir seule :

— Excusez-moi, monsieur Miral ; père, à sa coutume, me laisse le soin de tout organiser. Je vous appellerai dans un instant. Car je me souviens que vous êtes le plus serviable des jeunes gens de ce jour. Ce matin, d'ailleurs, il n'y aura pas de point comparaison : vous êtes l'unique représentant de la jeunesse. C'est le dimanche des invités de père.

Et elle se sauva à travers le petit bois qui séparait la villa du carrefour des cèdres où les rires et les exclamations continuaient de fuser.

Les amis de M. Collin appartenaient à un monde que je connaissais mal et qui est de formation récente. Il y avait trois hommes dont il me fut impossible de deviner la profession, la religion, et même la nationalité. J'ai su, depuis, qu'ils étaient tous Français. En un quart d'heure, ils jetèrent bas toutes les renommées un peu propres et presque toutes les idées reçues. Ils semblaient avoir, pour unique fonction, de détruire. Mais leurs arguments manquaient de grâce. Ils annonçaient la fin d'un monde, mais n'avaient pas le geste de la Pompadour. La haine et la peur se mêlaient à leurs prédictions sans qu'ils y prissent garde.

Le plus curieux était d'observer ce qu'ils ménageaient au milieu de cette dévastation : un homme taré, qu'ils jugeaient sans doute plus fort qu'eux, et un pauvre mélodrame en toc que galvanisait, cette saison-là, un vieux tragédien édenté et falot. Et ces hommes ressemblaient à de méchants marmots qui, au milieu du carnage de belles boîtes de jouets, n'auraient laissé debout qu'une minable poupée de carton, aux joues rouges et aux yeux ronds.

Ils semblaient cependant tout à fait satisfaits d'eux-mêmes, et M. Collin, très expansif, menait la sarabande.

Pour moins bavardes qu'elles fussent, les quatre dames ne laissaient pas d'être aussi catégoriques. Mais leurs affirmations étaient toutes machinales ; elles n'y attachaient aucune importance. Leur sollicitude s'appliquait surtout à sourire avec agrément, à prendre des poses et à faire des gestes aussi variés que propres à inspirer l'amour ou le désir Et il me parut que M. Collin, seul, intéressait ce petit aréopage de victimes, d'elles-mêmes préparées à tous les sacrifices.

M. Collin, malgré la prédominance des fils d'argent dans ses cheveux et dans sa fine barbe, taillée à la Henri IV, était, à la vérité, un homme charmant. Il était mince de taille, carré d'épaules ; son visage, surtout, attirait les regards, à cause de ses yeux d'un noir si vif, si lumineux, qu'il aurait fallu pour eux trouver un qualificatif spécial. Ces yeux étaient le miroir autour duquel voletaient et chantaient, alouettes sans cervelle, deux veuves et deux petites divorcées. M. Collin, de plus était décoratif et spirituel. En outre, et ceci l'eût dispensé de toutes autres qualités physiques et morales, M. Collin était fort riche, et possédait l'art de la dépense et des distractions.

— A vous autres, messieurs, disait l'une des dames, dont la jambe croisée montrait, en se

jouant une mince cheville, tout est permis. Le bonheur commence au second million. Sans lui, la vie est absurde. Les hommes qui ne savent pas le conquérir n'existent pas pour moi.

— Vous pouvez dire pour nous, chère Thylla, je me range à votre motion. Si j'eusse écouté M. Ramond, nous aurions pu nous retirer des affaires et commencer à jouir de la vie vers l'âge de cinquante ans. J'ai dû divorcer devant l'incapacité industrielle de mon époux. Cette stérilité est plus importante que l'autre.

Celle qui venait de parler se balançait sans pudeur dans un hamac qui révélait la forme harmonieuse de ses hanches.

— Tiens ! observa un homme, est-ce une gageure, Collin ? Aucune de vos quatre charmantes invitées n'a eu d'enfant.

— Quelle horreur ! dirent à la fois deux des dames, tandis que les deux autres levaient les épaules de pitié devant la médiocrité de cette observation.

— Peut-être, répondit M. Collin.

— Tiens, tiens, murmura la dame du hamac.

A ce moment, deux nouveaux convives débouchaient dans l'allée qui venait directement de la grille. Tout le monde se leva, et M. Collin montra un très grand empressement à aller au devant des nouveaux venus, et une espèce d'orgueil à les représenter :

— Monsieur Edouardo Parnello, le grand financier de Buenos-Ayres ; Mademoiselle Margarita Parnello.

L'Argentin avait le type courant des Latins bronzés d'Amérique, et sa fille, qui paraissait avoir vingt ans, était d'une grande beauté. Il y eut un moment de silence admiratif. M. Collin se surprit en secondes d'extase. Moi-même, je dus me résoudre à oublier un instant celle que j'aimais pour considérer cette idole de l'Amérique espagnole. Un peu trop mince à la vérité, et trop grande, elle avait, malgré ces particularités gênantes, une grâce exquise dans les gestes, une souplesse, une harmonie de lignes, et surtout une façon spéciale de sourire qui empêchaient qu'on la regardât avec indifférence. Quand elle parla, ce fut d'abord un enchantement, tant la voix était caressante ; mais bientôt, à quelques observations de M. Collin sur la vie parisienne, elle émit des théories d'un modernisme mesquin qui m'effaroucha, et je retournai m'asseoir dans mon coin.

Un des hommes m'y suivit. Il avait la voix d'un Italien qui aurait habité longtemps Marseille. On ne m'avait point présenté à lui et il ignorait qui j'étais. Il n'en parut pas gêné le moins du monde :

— Ce Collin est étonnant. Il a le toupet de nous inviter à ce concours de femmes disponibles. Car ce n'est pas douteux, le beau veuf désire convoler à nouveau et il a réuni à ce déjeuner les quatre dames qu'il préfère et la jeune fille qu'il finira peut-être par choisir. Il a trois millions, mais Parnello en a cent... Vous, Monsieur, vous venez sans doute pour la fille. Elle n'est point sotte. Vous avez de la fortune, sans quoi Collin ne vous convierait pas chez lui. Il n'estime que l'argent... Il y a trois ans, il vivait d'expédients et sa fille n'avait que deux robes. Personne ne sait ce qu'est devenue M⁽ᵐᵉ⁾ Collin.

Soulagé de ces aveux, mon interlocuteur retourna sourire à son hôte.

Je pus songer à loisir.

« Dans quel monde es-tu tombé, mon pauvre Robert ? Quels sont tous ces gens ? Se connaissent-ils vraiment ou ne savent-ils des uns et des autres que ce que rapporte la rumeur publique ? D'où viennent ces pantins impertinents et où pensent-ils aller ? Ne vont-ils pas me rejeter de leur sein ou plutôt ne vais-je pas bientôt prendre la fuite ? Je ne saurais jamais vivre comme eux. »

C'est alors que je m'esquivai du côté de la villa, afin de rencontrer Aline et de me réconforter le cœur à sa vue.

— Oh ! quel air défait vous avez ! me dit-elle ; quelqu'un vous a-t-il manqué de bienveillance ? Contez-moi ça !

— Quel drôle de monde on voit chez vous, mademoiselle Aline !

— Comment, quel drôle de monde ? Eh ! bien vous avez une aimable franchise. Savez-vous bien de qui vous parlez ? Dans le coin des Cèdres, vous avez le comte La Batu, sénateur de Lot-et-Dordogne, un ministre de demain ; Amable Duchêne, le portraitiste célèbre, le peintre des grandes duchesses, et Lionel Fischt, l'un des gros actionnaires du théâtre du Globe...

— Et M. Parnello...

— Ah ! Margarita est arrivée. Je cours l'embrasser.

— On dit qu'elle sera bientôt votre belle-mère.

— Plaignez-vous donc !

— Et les autres dames ?

— Oh ! ce sont toutes de charmantes personnes, à cheval sur les préjugés nouveaux. Elles voudraient toutes épouser papa. C'est très drôle. Mais allons assister à la dernière course. Pour qui pariez-vous ?

— Oh ! moi, je voudrais bien m'en aller...

— Eh bien ! essayez. Je vous déplais ?

— Non, mais j'ai peur.

— Peur ! Toujours peur ! que diable, soyons un peu moderne ! Vous n'allez pas me dire que les amis de papa ne sont pas intéressants. Ils ont tous fait fortune...

— Ils croient tout faisandé et ils ont de l'esprit comme des ratés.

— C'est qu'ils n'ont pas l'habitude de leur situation. Ils sont les nouvelles couches, encore un peu en fusion. Attendez la stratification !... Tâchez d'être sage à table et causez, ou bien je me fâche. Voilà la cloche. Allons au-devant de nos hôtes... Je vais vous présenter à notre future belle-mère comme le dernier représentant de la sagesse française.

Par petits groupes, les amis de M. Collin passent devant nous. J'entends cette phrase :

— Oh ! moi, je ne regarde un homme que lorsqu'il est très riche, très célèbre ou très beau. Trouvez-moi ces trois qualités, j'épouse.

Décidément les propos ne varient pas.

M. Collin arrive le dernier. Il a Margarita au bras et paraît radieux. Aline me présente à la belle Américaine qui me tend une main bien ouverte ; comme nous nous éloignons, ce renseignement m'arrive :

— Oh ! je ne sais pas encore, Mademoiselle. C'est le neveu de Lescure, de l'Institut, qui n'est pas énormément riche, mais qui a un beau renom.

A table, je fus placé entre Aline et la belle Margarita. Je dois avouer que mon culte pour la beauté féminine et pour les fleurs s'était rarement trouvé à pareille fête. Les roses et les œillets étaient répandus sur la table en un large dessin décoratif. Chaque dame avait, de plus, en face d'elle, une corbeille aux fleurs congruantes à sa beauté. Margarita avait une corbeille de fleurs de grenadier, Aline avait des roses-thé; il y avait encore des corbeilles de lilas blancs et des corbeilles de tulipes de plusieurs nuances. Chaque homme fut prié d'offrir à sa voisine une fleur de son parterre particulier et, tout en cueillant la fleur destinée à celle que j'aimais, je ne pus résister à la tentation de regarder tous ces gestes gracieux d'hommes, tous ces sourires de femmes. Je fus reconquis.

Mes yeux seuls étaient heureux. Mes oreilles continuèrent de souffrir tout le jour.

Je fis en sorte de pouvoir passer la soirée avec Blanche.

Elle me vit soucieux et ne m'interrogea pas. Moi-même n'étais pas assez certain de mes sentiments et de mes angoisses pour pouvoir les exprimer.

Nous restâmes à rêver, la fenêtre ouverte, en regardant la Seine.

XIV

OÙ BLANCHE, A SON TOUR, PRODIGUE SES SOINS A ROBERT

Les deux chevaux de M. Collin s'arrêtèrent un après-midi devant la petite maison du quai où je continuais de passer mes soirées avec Blanche et mes livres préférés. Aline voulait voir mon petit intérieur de soldat. Je n'avais guère aimé cette curiosité et puis j'avais cédé devant cette raison que cela devait l' « amuser » à la folie.

Nous débarquâmes donc tous trois un dimanche à Saint-Cloud. Blanche qui était à la fenêtre du restaurant disparut vivement. Mais le mouvement n'échappa à personne.

— C'est là votre chambre? dit Aline, désignant la fenêtre du rez-de-chaussée.

— Non. C'est au-dessus.

— Tiens! tiens!

M. Collin souriait :

— Elle n'est pas laide, cette petite. Qui est-ce?

— C'est la nièce de l'hôtelière.

— Eh! eh!

Des larmes de dépit me vinrent aux yeux. Mais le père ni la fille n'y prirent garde.

Je fis les honneurs de mon humble logis. Aline souleva mes papiers. M. Collin regarda le dos de mes livres. Je montrai la vue qu'on

avait de ma fenêtre. Deux bateaux parisiens se croisaient, bondés; des tramways hurlaient; des cyclistes cornaient; on entendait, au loin, la musique des chevaux de bois. L'attelage, en bas, agitait ses gourmettes. Le cocher et le valet de pied avaient l'air un peu embarrassé d'être arrêtés devant un établissement de si médiocre apparence.

J'eus moi-même une sorte de honte d'avoir consenti à cette exploration domiciliaire. Jamais je n'avais vu mes meubles sous ce jour froid. Tout me parut fade autour de nous : les tentures étaient lamentablement passées; le tapis était râpé, mon fauteuil ridicule, et ma table de travail avait un petit air mesquin qui me fit mal.

— On dirait que cela sent la violette fanée, dit tout à coup Aline. Non! vous ne devez pas vous amuser, ici!

Le bruit du dehors m'assourdissait. Je ne parvenais pas à intéresser mes visiteurs. Le mot de Mlle Collin fut le choc sec qui réveille.

— Si nous allions jusqu'à la fête, risquai-je?

— Ah! mais non! dit le père d'Aline en ouvrant lui-même la porte du palier. Il nous faut être à six heures à la réception du baron Christenmaker. Nous n'avons que le temps. Et ce soir, nous dînons à l'ambassade turque.

M. Collin n'avait pas quitté cet air souriant et un peu dédaigneux que je voyais mieux depuis quelques semaines. Il me serra la main et suivit sa fille dans le landau.

— A dimanche?

— A dimanche.

— Henri, prenez par le Bois.

Et la voiture tourna, fila, passa le pont. Je la vis, au loin, suivre la route de la rive opposée, se mêler à d'autres équipages, et disparaître.

Je m'effondrai dans le fauteuil. Ma gorge était pleine de larmes.

Non, je n'étais pas heureux. Ma vie allait à la débandade vers je ne sais quelle solution bizarre. Les Collin se conduisaient avec moi le mieux du monde. Je les voyais deux ou trois fois par semaine chez des amis à eux, je passais presque tous les dimanches à Ville-d'Avray. Ces jours-là, les invités continuaient de m'effaroucher. Ils variaient cependant à chaque déjeuner, mais c'étaient toujours les mêmes visages anonymes et hostiles exprimant sans relâche les mêmes doctrines négatives. Tout ce qui était tradition était farouchement sapé, et, aux minutes de générosité, ils exaltaient, au petit bonheur, l'œuvre ou l'acte d'un de leurs amis, interprète disgracieux de leurs maladives théories.

Il s'en fallut de peu cependant que je n'admirasse M. Collin. Je sentais bouillonner en lui une volonté farouche. Il était presque toujours, parmi ses amis, le plus intéressant par la rectitude'audacieuse de ses opinions. Il était une force. Et j'ai toujours eu un superstitieux respect pour l'énergie, d'où qu'elle partît, où qu'elle dût aboutir. Mais, tout de même, j'étais un peu gêné devant le mécanisme brutal de ce moderne industriel.

Aline m'enchantait toujours; son pouvoir sur moi tenait, en effet, de la magie. Je m'y abandonnais avec une volupté mitigée de superstition. Mon amour redoutait l'analyse. En dépeignant à Blanche les traits caractéristiques de la physionomie d'Aline, le lendemain de l'aventure d'Auteuil, je disais: « Tout le contraire de ce que j'aime. » Mon opinion ne s'était point modifiée. Aline continuait d'être l'opposé de mes préférences ordinaires. Elle était vive, autoritaire; elle écoutait mal et parlait haut. Elle avait une répugnance fâcheuse pour la misère d'autrui. Le socialisme utilitaire de son père et son propre snobisme avaient presque la même figure extérieure. Mais elle possédait le charme, et tous ses défauts s'harmonisaient en une originale perfection.

Un jour, elle me dit :

— Je ferai quelque chose de vous, Mort cruel, présomptueux, effronté.

Je ne sus que sourire :

— Essayez.

Elle avait le geste court, net, de son père et l'absolu de ses désirs : à le constater, j'avais une émotion où l'orgueil se mêlait à l'anxiété.

J'en étais là de mes réflexions; — la voiture de M. Collin devait suivre la file aux Acacias; je voyais le joli veuf saluer sèchement et Aline sourire toute droite en inclinant à peine la tête, — quand Blanche entra avec un plateau à thé.

Je ne pus réprimer un mouvement d'ennui dont Blanche fut comme glacée. Chacun de nous ressentait instantanément l'humeur ou le chagrin de l'autre. Blanche posa le plateau et je vis qu'elle n'y avait placé qu'une tasse. Elle ne venait pas s'imposer à ma solitude; elle avait seulement pensé qu'un peu de thé ne me serait pas désagréable. Déjà elle faisait mine de s'en aller. Je la retins et la fis asseoir. Elle rougit et, par contenance, elle versa dans ma tasse le liquide bouillant. La vapeur monta jusqu'à son front.

— Ne bois pas tout de suite.

— Non, ma petite amie, et je puis attendre que tu aies apporté la tasse que tu as oubliée en bas...

— Oh ! fit Blanche et elle courut, heureuse jusqu'au fond de son cœur.

Mon amie ne savait point ce que c'était que la jalousie. Du jour où je devins amoureux d'Aline, Blanche se fit toute petite de peur que je ne vinsse à l'écarter de ma route. Elle avait toujours beaucoup de plaisir à pénétrer chez moi. Elle renouvelait elle-même dans mes vases les fleurs qu'elle allait cueillir dans le parc, fleurs des bois, fleurs des prés que j'aimais à voir autant qu'à respirer. Elle époussetait et rangeait mes livres. Elle prenait soin du linge de l'armoire. Elle vivait là en mon absence. Mais aussitôt que l'heure approchait de mon arrivée, elle s'éclipsait et c'était dans sa chambre à elle, derrière ses volets mi-clos qu'elle s'embusquait pour me voir venir. Parfois je ne songeais pas à lever la tête vers nos fenêtres et cela devait la peiner profondément. Mais le plus souvent, je faisais gentiment le geste de celui qui n'était pas dupe et qui la devinait derrière les lames de ses contrevents. Alors, selon ses dispositions du moment, elle se montrait toute souriante ou bien elle fermait sans bruit sa fenêtre et se réfugiait au fond du canapé de sa chambre avec l'émotion d'avoir été regardée par moi. Elle pouvait rougir à son aise.

Un après-midi, ayant frappé chez elle, je la découvris ainsi et je la menaçai doucement, par manière de jeu :

— Vilaine Blanche qui ne m'attend plus

— Oh ! fit-elle doucement.

Mais les monosyllabes de Blanche contenaient tous les sens possibles. Je les traduisais à livre ouvert.

Cette fois « oh ! » contenait un reproche et un aveu. Elle me reprochait d'avoir, si peu que ce fût, douté de sa fidélité. Elle m'avouait, avec sa délicatesse habituelle, son amour plus fort que sa pauvre douleur.

Blanche revint avec sa tasse et osa enfin s'asseoir près de moi. Elle ne s'installait plus comme les mois précédents, elle avait peur d'empiéter sur ma vie nouvelle ; elle redoutait aussi que sa présence me donnât des remords de ne plus penser à elle.

Elle ne faisait pas de grands efforts pour combiner ses gestes neufs, toute sa délicieuse contrainte. Elle n'avait pas à se violenter, puisque la bonté était la règle absolue et instinctive de toute sa vie.

Cependant elle ne laissait pas d'être parfois embarrassée. Lorsqu'elle remarquait en moi une certaine insouciance et un contentement, elle s'appliquait à suivre mon sillage en silence. Mais, quand elle me sentait malheureux par Aline, sa bienveillance ne savait plus quel chemin choisir. Lui fallait-il se faire plus aimante, afin de me donner une compensation ? Devait-elle oser me conseiller de ne pas poursuivre cette malencontreuse passion ? Fallait-il, au contraire, disparaître davantage afin de laisser ma douleur s'épanouir et gagner la guérison ?

Et je voyais très bien son irrésolution délicate. Son jeu était transparent.

Je n'étais pas moins indécis.

Tout amoureux que j'étais, je voyais nettement l'absurdité de mes projets nouveaux. Ils commandaient la destruction absolue de tout mon passé. Il allait falloir que je vive autrement, que je pense autrement, que je me bâtisse un autre idéal de bonheur. Ce que j'avais vécu m'apparaissait le chaos, l'avenir n'était pas moins confus, à sa façon. Et je regardais Blanche : quelle épouse discrète, aimante, jolie elle ferait : quel malheur de n'être pas libre ! Car je m'envisageais comme lié d'honneur à Mlle Collin ; même si j'avais cessé de l'aimer, je ne pourrais plus me détacher d'elle ; j'étais sa chose ; elle ferait de moi ce qu'elle voudrait.

— Il est vraiment beau l'équipage de M. Collin, dit Blanche.

— Oui, cet homme a du goût pour toutes les choses décoratives. Il a de beaux hôtels, de beaux jardins, de beaux meubles, de beaux chiens, de beaux invités, de beaux chevaux ; mais il ne doit pas avoir un très beau cœur. Prend-on garde au cœur des gens ?

— Il a l'air de bien aimer sa fille.

— Oh ! est-ce qu'on le sait ? Il s'aime surtout, lui, « le beau veuf », comme l'appellent ses amis.

— Tu vois, tu le dis toi-même, il a des amis.

— J'ai dit *amis* parce que c'est l'expression courante. Dans ce monde-là, on appelle ami un monsieur qui a été invité trois fois à dîner. La grande intimité commence à la seconde semaine de fréquentation. C'est piteux et c'est effrayant. Je suis sûr que M. Collin n'a pas, n'aura jamais *un* ami au sens classique, fier et charmant. Ses invités l'espionnent et le flattent bassement. Il ne voit plus ses parents ni ses camarades de jeunesse : il s'est élevé au-dessus d'eux, croit-il. Il n'a personne à qui dire ses angoisses et ses joies. Il n'aime guère plus sa fille que les tableaux de maîtres qu'il a dans sa galerie d'Auteuil. Il ne la comprend pas mieux que le *Portrait de Femme* de Carrière qui orne son cabinet de travail. Tout cela est très triste, ma petite amie.

Je n'osai point parler directement d'Aline elle-même. Blanche sentit que son nom me brûlait les lèvres ; elle m'aida à aborder ce sujet.

— Sa fille vaut mieux que lui, prononça-t-elle doucement.

— C'est probable. Je l'espère. Je n'en suis pas sûr.

— Elle vous aime ?

— Je ne sais plus ?

Le rôle de Blanche était achevé. Je n'avais plus besoin de son secours pour diriger mes pensées. Nous retombâmes dans notre silence habituel. Ma petite amie se mit à broder doucement et je m'évadai à la suite d'Aline et cherchant ce qu'elle pourrait bien dire à ses voisins au dîner de l'ambassade turque.

Ce soir-là le salon jaune fut d'autant plus triste qu'il me fallut supporter la gaieté bruyante des permissionnaires, dragons et fantassins, et que Blanche ne put me servir : la clientèle du dimanche l'effarouchait...

XV

OU MAZEPPA TIENT BEAUCOUP DE PLACE ET SERT A DEUX FINS.

Lorsque Blanche regagnait Paris pour quelques jours, je prolongeais davantage mon dîner en face de Mazeppa. Je redoutais la solitude de ma chambre et j'avais peu de goût pour le billard, jeu quotidien des quelques camarades que je m'étais faits à la caserne. Leur petit café favori était bruyant et sentait la vieille pipe et la bière rance.

Je m'étais peu à peu intéressé au perpétuel témoins de mes soirées, à ce Mazeppa courant à la gloire et à la puissance sur le dos ensanglanté d'un cheval sauvage au milieu des loups hurlants, au travers des forêts hostiles et sous le dais menaçant des oiseaux de proie. Plusieurs fois, je m'étais levé pour examiner de près quelques détails de la composition d'Horace Vernet. Je voulus me documenter sur cet homme, dont le malheur causa l'illustration. Je lus Voltaire, Byron, Hugo. Et aux camarades que j'invitais parfois à venir partager mon repas, je récitais des bribes du fameux poème des *Orientales* :

Sa sauvage grandeur naîtra de son supplice...
. . . .
          Il court, il vole, il tombe,
          Et se relève roi.

J'y trouvais matière à encourager les plus grincheux. S'il leur arrivait de vouloir entreprendre quelques diatribes de l'état militaire, je haussais les épaules et je répétais le *leit motiv* du *Mazeppa* de lord Byron :

— *Away ! Away !* En avant ! Il y a de la douleur qui glorifie et des embêtements d'où sortent d'excellentes leçons. Écoutez, messieurs, l'histoire de ce malheureux... Il y avait une fois un gentilhomme polonais, nommé Mazeppa, né dans le palatinat de Podolie. Élevé page de Jean Casimir, il avait pris à sa cour quelque teinture des belles-lettres. Ainsi parle l'auteur de *Charles XII.* Il aima. Le mari de la bien-aimée eut vent de l'intrigue et voulut se venger princièrement : après avoir fait dévêtir Mazeppa, il le fit attacher solidement sur le dos d'un cheval sauvage. Cet animal avait vu le jour dans l'Ukraine : son instinct l'y reconduisit. Trois jours et trois nuits, le pauvre amant galopa à travers les forêts, les plaines, les fleuves, les montagnes. Quel supplice fut plus affreux ? N'avait-il pas cent raisons de maudire son sort et de désespérer de l'avenir ? *Away ! Away !* En avant ! Ce n'est pas la mort qu'il y a au bout du chemin, c'est le salut, c'est la gloire. Retenez bien ces vers :

What mortal his own dom may guess ?
Let none despond, let none despair !

ou si vous préférez des alexandrins approximatifs :

Quel mortel peut prévoir ses propres destinées ?
L'espérance et la foi sont des sœurs obstinées !

Il fut recueilli, soigné par les gens du pays, les Zaporogues, qui bientôt le choisirent pour hetman. Pierre le Grand le fit un jour prince d'Ukraine. Moralité...

— Moralité, dit un soir d'une voix méchante le petit anarchiste blond et myope qui aimait les fleurs, il faut supporter toutes les souffrances sans crier. Jolis préceptes que tu nous sers là. Toujours ta théorie du laisser-faire. Tous les chemins ne mènent pas à l'Ukraine.

Pour détourner la conversation de l'âpre sentier de la question sociale, je faisais le savant :

— Le manuscrit du *Mazeppa* de Byron est copié de la main de la comtesse de Guiccioli, qui s'appelait Thérésa, comme la maîtresse du gentilhomme polonais.

Ou bien :

— On prétend que Mazeppa, une fois dépouillé de ses vêtements fut enduit de goudron et roulé sur un monceau de duvet. Vernet a bien fait de ne pas tenir compte du renseignement et de peindre, au contraire, une belle chair d'homme, douloureuse.

J'allais jusqu'à citer les dates des Salons qui virent les plus fameux tableaux traitant de ce sujet palpitant, car Vernet ne me contenta bientôt plus et je me procurai une gravure du *Mazeppa* de Louis Boulanger.

J'eus une grande joie de découvrir, chez un bouquiniste de Boulogne, le *Demetrius Mazeppa* de Boulgarine, (*Thaddaeus Bulgarin* 1789-1859), romancier à la Walter Scott, d'origine polonaise, comme son héros, et qui, après s'être battu contre nous en 1805, prit du service dans nos armées et fit, sous

Napoléon, les campagnes d'Espagne, de Saxe et de France.

— Avez-vous lu Boulgarine ?

Mes camarades finirent par me surnommer Robert Mazeppa.

Le roman de ce héros plaisait à Blanche. Elle ne souriait pas lorsque je lui faisais part d'une nouvelle découverte de documents sur le grand homme du salon jaune.

Elle n'aimait guère l'histoire elle-même, elle en aimait le symbole. Nous retournions l'apostrophe du héros. Au lieu de : « Maudite ! », nous disions : « Bénie soit l'école où j'appris à monter à cheval ! »

— C'est l'école de l'adversité, mon ami.

Et nous nous réconfortions ainsi l'un l'autre, par l'exemple du beau supplicié. Blanche y puisait des forces en vue de notre prochaine séparation. J'en tirais quant à moi lâchement et traîtreusement des conclusions à l'avantage d'Aline et de nos amours.

Mais si mon optimisme avait été mis un peu trop à l'épreuve par M. Collin, Mazeppa en recevait le contrecoup. Une semaine, je me documentai à rebours sur son aventure. Je découvris ainsi que, selon le chevalier Pask qui fut son ami, Mazeppa aurait, à dos de cheval, traversé, non pas les steppes de la Russie et de vastes forêts dangereuses, mais simplement un petit bois plein de ronce qui séparait le château du seigneur trompé de la maison de l'amant. « Il demeura, dit le cruel Pask, enfermé plusieurs mois, occupé à se frotter avec toutes sortes d'onguent. » Une fois rétabli, il s'exhila de Pologne, et gagna à petites journées et convenablement vêtu, le pays d'Ukraine « où il était né ».

Voltaire, mensonge ; Hugo, mensonge ; Byron, mensonge ; Boulgarine, mensonge. Et je considérais avec pitié la gravure d'Horace Vernet. Histoire, roman, poésie, peinture, tous les arts cherchent leurs inspirations dans le faux. L'imagination aime les choses absurdes.

Et l'apologue de Mazeppa s'écroulait et sa morale ne tenait plus debout. François Morel a raison. Il faut résister. Il faut barrer le chemin à l'injustice et à la détresse.

Mais c'était l'exception, et Blanche ne me suivait jamais sur ce terrain de la haine ensemencée et entretenue comme un champ de labour. D'ailleurs, je ne m'y plaisais pas et

je revenais vite au culte de Mazeppa qui consistait à rendre grâce aux aventures adverses aussi bien qu'aux excellentes. Le rosier n'a pas seulement des épines ; son feuillage est plutôt laid, son tronc lance au hasard des pousses absurdes, il n'a pas l'air d'avoir le moindre sens esthétique et finalement, il produit des roses.

Pour moi, le service militaire avait produit Blanche dont le parfum discret enchanta mes soirs les plus rêches et l'ennui que je ressentais à fréquenter les Collin se terminerait sans doute par un heureux mariage.

Le temps de la libération approchait. Je n'y prenais pas garde. Mon bonheur actuel, si cahoté qu'il fût, me contentait. Il me déplaisait de moins en moins d'être contraint à exercer mes forces et mon adresse. Aux concours de tir, au camp de Satory, j'obtins le cor de chasse d'or. Peu après, je fus promu caporal. Ce sont là de ces événements dont le vulgaire ne connaît pas l'importance. Le caporalat est le premier échelon du commandement. On n'est pas encore maître de soi et l'on a déjà quelque autorité sur une dizaine de jeunes gens peu enclins à obéir. D'un côté, on a le souci d'ordres à exécuter, de l'autre, la responsabilité d'ordres à donner. Les deux devoirs se limitent. Et c'est, pour un cerveau de vingt ans, un excellent exercice. La vie tient toute dans ces deux mots : le commandement et la soumission. Le petit caporal s'en rend compte et ne manque pas d'en tirer pour plus tard des règles de conduite. Et s'il a quelque intelligence, il ressent autant de joie à mener à bien un ordre qu'il a reçu qu'à voir prendre corps et s'exécuter un ordre qu'il a donné. Il est un rouage. Il est infime et indispensable.

Je n'eus pas le temps d'expérimenter convenablement mes premières fonctions publiques et je n'en retirai que peu de satisfaction. Des jours de consigne plurent autour de moi dès la première semaine, comme pour me prouver que les obligations et les responsabilités augmentent avec les titres et les honneurs.

J'aurais eu plaisir, malgré tout, à vivre cette vie nouvelle qui m'eût, à son tour, distrait de mes soucis amoureux. Nous avions depuis deux mois un jeune capitaine tout plein d'idées généreuses et qui s'était fait aimer de tous ses hommes en quelques instants. Le jour de son arrivée, il réunit notre compagnie dans une chambre et nous adressa, sans façon, un petit discours des mieux tournés, puis, au lieu de partir, sa corvée finie, il nous fit rompre le cercle et il resta deux heures parmi nous, allant de l'un à l'autre, interrogeant chacun sur sa vie de la veille, sur ses projets d'avenir, sur son instruction, sur l'existence à la caserne. Il nous parlait aussi de lui de temps en temps, nous disait son intention d'user très modérément de son droit de punir. Il voulait qu'on se portât bien, qu'on fût gai et qu'on demeurât bien les uns avec les autres. Son visage franc et mâle était agréable à regarder. Les camarades virent tout de suite que ce n'était pas un chef seulement qui leur arrivait, mais un homme, un conseiller bienveillant, presque un père.

Le soir, autour des tables et du rata, on but à la santé du nouveau capitaine. Toutes les figures exprimaient le contentement. Le lendemain, la caserne entière était au courant et l'on jalousa un peu l'heureuse compagnie. Aux haltes d'une marche qui eut lieu cette semaine-là, on voyait rôder les hommes, en curieux, non loin du nouveau commandant de la troisième du premier. Et cette popularité venait de quelques bonnes paroles simples d'un capitaine à ses hommes. La sympathie est une grande force; elle ne se commande pas toujours; les officiers devraient tous s'efforcer de la conquérir. On fait de la meilleure besogne avec la bonté, la fermeté familière, qu'avec la raideur autoritaire qui ne peut être de mise qu'aux heures exceptionnelles et en face d'hommes de mauvaise volonté foncière.

Notre capitaine organisa nos soirées. Il obtint la désaffectation d'une partie du bureau du sergent-major et y organisa une bibliothèque. Il apporta lui-même le fonds composé de tous les classiques français, des historiens, des voyageurs célèbres, et de quelques publications scientifiques et littéraires. Toute œuvre politique en fut bien entendu, écartée. Il s'agissait de meubler les cerveaux de notions exactes et non de cultiver des rancunes.

Il sut découvrir un bon lecteur et un futur comédien qui collaborèrent à son œuvre, à la grande joie des petits pioupious qui en oublièrent vite le café et les filles. Deux vétérans et Morel se moquèrent plusieurs soirs de ce nouvel accaparement de leur « liberté » et ne voulurent pas assister aux séances de récitation ni aux conférences amicales du capitaine et d'un jeune sous-lieutenant que ces nouveautés enthousiasmaient. On ne prit pas garde à leur absence ni à leurs propos désobligeants. Le huitième jour, Morel vint feuilleter le catalogue de nos livres et partit en haussant les épaules. Sans doute, il n'avait pas rencontré les noms chers à son cœur précocement insensibilisé. Mais il n'aimait ni le billard ni la manille et il finit par être le plus assidu à ces séances d'étude.

Je fis don à notre cabinet de lecture, avec l'assentiment du fondateur, de plusieurs livres de poésie, de pièces de théâtre et de romans, entre autres le *Mazeppa* de Boulgarine. On inscrivit mon nom sur la première page du catalogue, à la suite des autres donateurs, car plusieurs officiers et le colonel lui-même avait tenu à encourager personnellement l'intelligente entreprise.

Toutes les fois que Blanche regagnait Paris, je désertais ma chambre du quai pour la chambrée des livres. J'y lus la vie de plusieurs héros; j'y relus mes écrivains préférés et ces lectures, dans ce milieu, prenaient un relief curieux. Le même livre ouvert tous les dix ans paraît sous un jour nouveau. Il en va un peu de même d'un livre lu au coin de son feu bourgeois, puis tout à coup, à la table où sont accoudés une trentaine de jeunes gaillards de toutes provenances et qui n'ont de commun que la nationalité et l'âge de la belle ardeur.

Ce ne fut pas sans une certaine mélancolie que je montai un après-midi au magasin d'habillement pour me faire « désarmer ». Comme étudiant en droit, je ne devais qu'un an de service.

— Veinard de Mirall

— Ohé ! Mazeppa, te voilà arrivé à la gloire.

Le tiers de la compagnie partait en même temps que moi. Le capitaine, à nouveau, nous réunit et nous parla. Je voudrais rapporter ici son stimulant et pathétique discours. En trois mois, il avait trouvé le temps de nous connaître et de nous aimer. Qu'il voie ici, si ce livre lui tombe sous les yeux, le souvenir de ma reconnaissance émue.

Les adieux à Blanche furent, malgré mes soins, déchirants.

— Mon amie, ce n'est pas une séparation. Nous nous reverrons à Paris. Nous nous écrirons. Je ne cesserai jamais de penser à vous et si vous êtes malheureuse un jour, n'oubliez pas que j'existe et que Blanche est ma petite sœur...

Mais Blanche ne parlait pas et pleurait doucement.

Elle avait rangé elle-même dans les caisses mes vêtements et mes livres. Il n'y avait plus rien autour de nous de ce qui avait fait le charme de cet intérieur, il n'y avait plus que nous deux. C'était bien la petite mort du déménagement.

Albéric vint frapper et me remit des lettres. Blanche ne cacha pas ses larmes. L'homme sourit avec son ironie courte d'homme méchant. Depuis le jour où la voiture des Collin m'avait amené devant la maison du quai, il s'était fait un visage de bon domestique; mais je partais, il ne put dissimuler son vil contentement.

— Ma petite Blanche, cet homme me fait peur. Fuyez-le.

Blanche fit un geste d'indifférence.

— Je vais être malheureux, repris-je, si je vous sais près de cet hypocrite malfaisant. Il ne faut pas venir trop souvent ici. Donnez des raisons à votre père. Au besoin, si vous voulez, je lui écrirai... Vous devriez vous marier, ma petite Blanche...

Sa main, qui était dans la mienne, se retira brusquement et Blanche toussa.

— C'est le bonheur qui vous guérirait, ma petite amie; croyez-moi. Il ne manque pas de braves garçons pour qui vous seriez la meilleure des compagnes.

— Robert, parlez-moi de vous... qu'allez-vous faire ?...

— Je pars ces jours-ci pour la Bretagne, où je retrouverai les Collin. A mon retour, à Paris...

— Je ne vous verrai plus...

— Il ne faut pas dire cela...

— Oh! quand vous serez marié...

— Je ne le suis pas encore!

— Écrivez-moi de temps en temps, tous les deux ou trois mois, je serai bien contente.

— Je vous le promets. Promettez-moi, vous, de m'obéir, et si le papa Barraud veut vous marier, de vous laisser faire...

— Oh! mon ami.

Et je sentais dans ce mot toute la douleur et toute la bonté de Blanche, mêlées. Elle était peinée de mon insistance et touchée de ma sollicitude.

Des commissionnaires s'emparaient de mes bagages. Blanche ne pleurait plus, mais tout son corps tremblait.

— Au revoir, Blanche, à bientôt.

— Adieu, adieu Robert.

De la voiture qui m'emmena, je ne quittai pas des yeux la fenêtre du quai, où ma chère petite amie, sans avoir la force d'agiter ses mains pâles, se tenait toute droite. Ses pauvres yeux noyés, par un dernier effort me souriaient.

Quand Blanche eut disparu, je dus tamponner mon visage inondé de larmes sincères. Qui sait si ce n'était pas du bonheur que je m'éloignais pour toujours ?

XVI

OÙ ROBERT MANQUE DE PRENDRE UNE RÉSOLUTION
ASSEZ INTELLIGENTE ET OÙ IL SE FÉLICITE
ENSUITE DE NE L'AVOIR PAS PRISE.

Si ces feuillets composaient un roman ordonné, avec méthode, mais aussi avec contrainte, il y aurait lieu de commencer ici une « seconde partie », puisque le petit troupier dont je viens de vous dépeindre l'existence est redevenu un simple pékin, et que toutes ses tirades optimistes sur l'état militaire ne vont plus, vraisemblablement, servir à rien. Eh bien, je vous demande pardon, ce seizième chapitre et les suivants, jusqu'au dernier, continueront de montrer les étapes d'une rénovation. Mon énergie a suivi les progrès de ma santé. Je suis loin encore d'être tout à fait d'aplomb. La guérison ne pouvait être ni si soudaine, ni si absolue. Mais j'ai la sensation de ma renaissance physique et morale et c'est le principal! Les conséquences viendront à leur heure.

Pour l'instant, je prends un billet circulaire pour la Bretagne, avec faculté de séjour prolongé à Dinard où les Collin ont élu leur troisième et estival domicile. Que de foyers, hélas! pour ma future tranquillité.

J'ai l'esprit inquiet.

Ce voyage me fait une véritable peur. Paris me semble être la ville nécessaire à Aline. Je ne vois pas l'élégante et nerveuse parisienne en communion avec les tempêtes, moins encore avec un calme lever de soleil.

Je crois qu'il faut du bruit, aussi, autour de ma passion. Qui sait si le silence des soirs bretons ne va pas la tuer ?

Cependant j'ai besoin d'aimer, je veux aimer. Je me sens plein de vigueur pour les travaux que m'imposera demain. J'étonnerai Aline. Elle sera contente de moi et ses désirs de gloire se réaliseront. Tout en bâclant mon doctorat en droit — tout le monde docteur, c'est le mot d'ordre du jour — je mettrai au point mon gros ouvrage sur la « Société au temps de Villehardouin » et je serai ainsi reçu dans les salons qui mènent à l'Académie des sciences morales et peut-être obtiendrai-je une bonne parole de mon oncle Lescure. Aline me l'a dit un jour :

— Il faut vous faire mieux estimer de votre oncle.

Je devais rouler pendant une dizaine d'heures jusqu'à Dinard, d'où je gagnerais probablement Saint-Lunaire où habitait un vieil ami de ma famille. J'eus donc tout le temps de me bâtir un très bel avenir.

Ce n'étaient pas les années nouvelles qui m'inquiétaient, mais les journées prochaines.

Tout allait dépendre de la tournure des gens au bord de la mer. C'est là que je connaîtrais à fond M. Collin et sa fille. J'aurais sans doute beaucoup de peine à me faire à leur physionomie, en pleine nature, mais je lutterais contre eux ou contre moi.

Ma volonté, Dieu merci ! est guérie. Je sais maintenant me décider et agir. S'il convient que j'abandonne tout projet d'union avec les Collin, je n'hésiterai pas.

Il y a deux façons de voyager.

On peut voyager vers des lieux d'avance aimés et irradier sur la campagne, les ruines et les indigènes ses propres sentiments. C'est de cette façon délicieuse qu'un écrivain que je vénère vient de voir, pour nous, l'Italie, ses lacs et ses musées; et nous en avons eu de merveilleux échos dans de récentes chroniques. C'est de cette manière qu'il nous a fait connaître, jadis, l'Espagne, Aigues-Mortes, la Lorraine et Renan. Et c'est lui, l'auteur, toujours lui, semblable et divers, qu'on retrouve, qu'on admire et qu'on aime.

Il nous semble même, à des moments, le saisir tout entier et nous croire capables de l'imaginer en des contrées inexplorées par lui. Mathématiquement, il aimera ce pays de telle ou telle façon, parce que telle ville a le ciel lavé de telle couleur, parce que les femmes ont telle manière de marcher et de regarder. À l'essai, on est tout étonné de voir notre voyageur s'évanouir et à l'étonnement succède le respect et une sorte de jouissance anticipée pour les œuvres et les sensations réservées à demain.

Le voyage que j'entreprenais de faire en Bretagne était préparé par des lectures — Chateaubriand et les vieux conteurs — et surtout par la connaissance que je croyais avoir des personnes près de qui je devais voir ce pays. Je m'étais promis diverses déceptions; j'avais combiné mes propres admirations et mon itinéraire était suffisamment orné des points exclamatifs et de rêveries logiques.

J'avais bâti sur la poussière des bouquins sans y mêler le liquide propre à agréger ces légers matériaux, manne tombée du front des ancêtres; ce liquide magique, c'est la conscience de soi et la confiance en soi. O ne vit pas profitablement des autres, si l'on n'est conformé supérieurement. Je devais en faire la « douloureuse » expérience. Est-ce bien le mot qu'il convient d'employer ?

J'avais compté aussi sans la métamorphose assez peu extraordinaire, à vrai dire, et que je n'avais pas osé prévoir, d'une Parisienne en femme.

Au lieu de déverser avec ferveur, et comme religieusement, mes sentiments intimes, et de voir les choses prendre les formes rêvées ou redoutées, je perdis tout à coup toute personnalité et les pays traversés et les femmes vues se sont mis à miroiter ironiquement et mes yeux s'ouvrirent comme des yeux d'enfant, effrayés et ravis.

C'est la seconde façon de voyager mienne.

Dans la première, le moi fait sienne toute forme entrevue ; dans la seconde, toute forme passante fait sienne votre âme déséquilibrée, désorientée.

La quasi officialité de mon voyage sombra, à mon étonnement. Et il surgit, d'entre les épaves disparates, des émotions neuves que je n'eus pas le loisir tout d'abord de contrôler et d'analyser, mais qui, les semaines d'après, avec l'éloignement et le gris d'un coin entrevu du ciel de Paris, s'accentuèrent et prirent corps.

D'abord, Dinard, dont m'attirait le nom et la grâce que je lui prêtais, me déplut. Ce n'est pas la Bretagne, c'est à peine la mer.

J'aurais voulu rencontrer par hasard les Collin avant de me présenter chez eux. J'avais avancé mon voyage de quelques jours et j'avais peur, maintenant, de montrer trop d'empressement. Le hasard ne se prêta pas à mon désir. Cette première journée fut manquée; j'avais oublié de prévoir ainsi.

Je gagnai Saint-Lunaire dans un grand fiacre prétentieux et suranné.

Saint-Lunaire commence à devenir trop important. Je l'ai connu aux environs de sa naissance. C'était une belle plage sauvage et douce. Les villas se faisaient des signes à travers les terrains vagues. Il y avait une petite église qui m'attendrissait. On se baissait pour en franchir le seuil, et le curé parlait breton. On ne pensait même pas qu'un casino dût jamais s'y bâtir.

Les routes étaient peu cyclables. Une petite porte au fond du jardin de mon hôte et j'étais tout seul, en face de la mer. Nul bruit humain ne troublait ma rêverie enfantine.

Dix ans s'étaient passés et, vieilli, je n'avais pas prévu que les choses et les villes vieillissaient également. Saint-Lunaire est devenu un petit coin très parisien ; le théâtre des Variétés y envoie la plus délurée et la plus futée des gamines de Paris ; la Bodinière, son conférencier à la barbe la plus parfaite ; la Société nationale des Beaux-Arts, son Norvégien le plus boulevardier. Tous y viennent, du reste, pour avoir la paix et respirer sans contrainte ; mais les voici tous trois, et c'est Paris.

Les maisons ont poussé comme des champignons exotiques. Il y a des toits de tout style. Je ris à penser à la mine que doivent prendre tous ces chalets légers comme des ombrelles, dès qu'il se met à neiger et que le vent gronde. Kipling, qui fait si bien parler les bêtes, nous peindra peut-être aussi un jour les angoisses d'un petit kiosque sous la tempête, dans la grande solitude de l'hiver breton qui ne rit pas.

Il n'y a plus de paysans à Saint-Lunaire, et le curé est de Fréjus.

Je ne retrouve rien de ce que ma mémoire avait conservé. Seul le vieil ami de ma famille Clément Fargue, est resté le même. C'est toujours un beau vieillard à barbe blanche qu'une grande douleur a retiré du monde. Après avoir perdu sa femme, puis, la même année, sa fille unique, il avait tout vendu, sa maison, ses champs, et vieux Berrichon, n'aimant que les bois, les vallons et les champs de blé, il était parti à la recherche d'un coin perdu de la côte bretonne où il pût se terrer et mourir seul. Mais on ne tue pas son cœur. Il avait besoin de faire du bien. Il fit construire, près du petit village, deux vastes maisons dont les fenêtres donnaient sur la mer. Les habitations achevées, il écrivit à tous les amis qu'il avait par la France, par le monde. Il recueillait des orphelins, ceux des riches, ceux des pauvres. Sa fondation s'appelait les Deux-Solange, en souvenir des deux mortes.

J'étais venu passer deux mois de vacances parmi ses petits pensionnaires, quand j'avais treize ou quatorze ans.

Le cœur me battait, en pensant que j'allais revoir ce brave homme.

J'avais besoin d'un conseiller.

J'arrive, il m'ouvre ses bras, il sourit, tendant la main vers le bruit des jeux de ses petits amis ; puis il devient grave :

— Mes Solange !...

Et il m'évoque le passé. Mais bientôt il fait un beau geste de résignation et me dit :

— Parle-moi du présent...

Cet homme, que la douleur n'a pas terrassé, qui a recommencé sa vie à quarante ans et l'a rendue utile et secourable, est bien toujours celui que j'avais connu, celui vers qui je venais d'instinct. Je me réfugiai en lui et lui contai mon aventure.

— Diable ! mon pauvre Robert. Tu me demandes un conseil, et tu serais le dernier à le suivre. N'écoute donc que ton cœur et va de l'avant. Amène-moi ton Aline un jour. Et nous causerons tous trois... C'est gentil d'être venu à moi... Il est midi ; à la soupe! Tu vas voir cette tablée...

Et Clément Fargue me présenta à toute sa ribambelle de petits êtres à qui Dieu avait enlevé les parents, mais donné, en retour, cet être exquis pour père commun.

— Où seraient aujourd'hui tous ces pauvres enfants, si mes Solange avaient vécu, et si j'étais resté un vieil égoïste heureux ? Il ne faut jamais maudire le destin, mais se débattre contre lui et tourner à notre profit le mal qu'il veut nous faire.

J'eus envie de lui raconter l'histoire de Mazeppa.

Le lendemain, le courrier m'apportait une lettre de Blanche. Elle était rentrée à Paris ; elle n'allait pas trop mal ; son vieux père l'avait trouvée un peu distraite ; alors elle lui avait raconté mon départ.

« Comme il sait que je ne mens jamais, disait-elle ingénument, il m'a crue, lorsque je lui ai dit que nous avions été que des amis. Il est de votre avis au sujet du conseil que vous m'avez donné. »

J'étais si tourmenté de ma prochaine entrevue avec Aline que je lus cette lettre presque distraitement. Cependant, après déjeuner, je ne pus me dispenser de parler de Blanche à mon vieil ami. J'étais en veine de confidences. Je lui racontai toute cette saison à Saint-Cloud, toute l'histoire de Blanche et notre amitié.

— Et tu veux épouser Mlle Collin ?

— Oui, parce que c'est elle que j'aime.

— Mon pauvre Robert... tu passes auprès d'un bonheur qui durerait toute ta vie, pour attraper du plaisir pour quelques semaines.

— Ah ! si vous connaissiez Aline !

— Mais, malheureux, tu ne peux toi-même t'empêcher de la trouver moins aimante que Blanche. On veut épouser la femme qu'on aime, quand c'est la femme qui vous aime qui nous rendrait heureux.

Il me parlait gravement, nous marchions au bord de la mer, sous le promontoire du Décollé ; ses grands yeux doux voulaient me convaincre.

— Voilà! il ne faudrait pas revoir l'autre.

— Le pourrai-je?

— Essaie!

J'eus la force de rester deux jours à Saint-Lunaire. Je faillis écrire à Blanche. Je fus sur le point de me résoudre à envoyer à M. Collin quelque lettre d'excuse. Puis je me rendis compte de ma « lâcheté ».

Le troisième matin, sans prévenir mon vieil ami, je gagnai à pied Saint-Enogat, puis Dinard. Je me disais en guise de justification :

— Il convient que je revoie Aline une dernière fois. Elle ne mérite pas cette grossièreté.

Il est trois heures ; la plage est encore déserte. Les déjeuners à l'ombre se sont prolongés en siestes réparatrices. Il fait très chaud. A l'écart, une vieille fille dessine, sous la surveillance de sa mère qui lit *René* ostensiblement. L'Océan est calme, la marée descend. L'étendue de sable blond paraît plus vaste que de coutume. Pas de barques à l'horizon. Les toilettes éteintes de deux dames se confondent avec les rochers noirs aux rubans d'algues vertes. On se croirait — tournant le dos aux laides cabines à roulettes — très loin en des siècles où la mer était seule, respectée des hommes craintifs.

Même voici de clairs cris d'oiseaux. Trois fins échassiers sautillent vers les vagues, têtes blondes, blanc plumage et longues pattes minces et roses. Quelle belle joie de vivre! Point de soucis. Ils ont trouvé quelque fruit bizarre et rebondissant, et c'est un jouet qu'ils se renvoient. Les cris redoublent... Charmantes fillettes, que ne restez-vous toujours les petits échassiers rieurs aperçus sur la plage? Vous allez grandir, et l'on vous recommandera de vous dévêtir de votre naturel, et vous ne rirez plus que sur commande. La nostalgie de ces heures de liberté vous hantera-t-elle même? Vos cuissettes roses, vos cheveux fous, vos petites idées promptes, il va falloir cacher tout cela, pimbêches pour demain.

Je n'ai que le temps de contourner une cabine; c'est Aline que j'aperçois là-bas. Elle s'avance seule. Elle a un livre à la main. Elle marche lentement. Mon Dieu ! quel air sérieux! Elle a un livre, mais elle ne lit pas. J'aperçois la couverture rouge d'un roman anglais. Elle va vers les rochers. Adroitement, je la suis, elle ne me pressent pas.

La voici assise. Elle s'accoude. Elle

regarde la mer, Je ne reconnais plus la frin-
gante Parisienne. Je l'aime mieux ainsi.
Elle me paraît plus belle, dans ce cadre grandiose.

Je vais l'aborder.

Elle rira et sa voix claire criera :

— Ce n'est pas dommage !

Et tout sera gâté. La nouvelle Aline s'éva-
nouira comme par désenchantement. Je fais
un grand détour afin qu'elle ait le temps de
m'apercevoir la première et de se composer
une attitude à son avantage.

Elle m'aperçoit, en effet, tout à coup
oublie son roman rouge et court vers moi :

— Que je suis contente de vous voir tout
seul, avant que vous ne soyez venu à la maison ! Comment allez-vous ? Où êtes-vous descendu ? Que la mer est belle ! Il faut rester
dîner avec nous ce soir. Père sera content de
vous revoir. Il dit qu'il vous aime beaucoup.
Et si vous saviez comme je suis heureuse de
cela ! J'avais si peur qu'il ne me forçât d'épouser quelque petit arriviste au cœur sec.

Je souriais de plaisir et d'émotion. Je répon-
dais de petites phrases courtes, craintives.
Aline me paraissait avoir moins d'assurance
qu'à Paris ; elle me regardait moins franchement. Nous marchions, côte à côte, vers l'endroit d'où elle m'avait vu venir :

— Mon cher Robert, asseyons-nous là.
Tiens, un livre ! que je suis sotte, il est à
moi. C'est un roman à dormir debout. Tout
y arrive de ce que tout le monde désire. Je
crois même que quelques morts sympathiques
ressuscitent à la fin ! Mettez-vous près de
moi...

Après un silence, Aline me dit en souriant, mais d'une manière que je ne lui connaissais pas, presque peureuse :

— Vous m'aimez encore ?

Je dis le mot que je n'avais pas encore prononcé, le mot qui lie :

— Je vous aime.

Elle eut un petit frisson. Mais vite, elle
voulut le cacher sous un flot de paroles :

— Vous m'avez toujours plu. Vous vous
souvenez de la fameuse matinée ? Papa m'a-
vait dit : « Sois aimable cela me fera plaisir ».
Je n'eus aucune peine à suivre son conseil ;
Vous êtes si gentil ! Vous ne ressemblez à
aucun de mes soupirants habituels. Ils sont
furieux. Ça m'est égal. Ne me regardez pas

de cet air malheureux. Je parle à tort et à travers ; c'est que j'ai un peu de fièvre, et puis...

A ce moment, sa voix devint tout molle
et je crus qu'Aline allait pleurer.

— Et puis ?...

— Et puis, c'est que je veux vous dire
que, moi aussi, je vous aime bien.

— Aline, Aline...

— Robert !

Puis il se trouva que nous ne pûmes rien
ajouter. Nous nous tenions les mains, ce que
nous n'avions jamais osé faire ; moi, par timidité ; elle, par peur sans doute de tomber dans
le sentiment. Le sentiment ! cela est si peu
parisien !

Nous regardions la mer, la plage, la côte.
Sans nous en rendre compte, nous prenions
le paysage à témoin de notre bonheur.

Jamais je n'avais senti en moi pareil trouble
et pareille joie.

Aline avait l'air aussi toute transfigurée.
Ses grands yeux noirs, les yeux de son père
s'éclairaient de la vive lueur d'une joie inconnue.

L'océan rythmait son grand bruit magis-
tral et nous dispensait de parler. Ne disait-il
pas, pour nous, tout ce qu'il convenait que
nous nous dissions :

— Soyez graves, soyez persévérants ! et
tâchez d'être bons ! La vie est éternelle.
L'amour est ce qu'il y a de plus grand au
monde ! Aimez-vous !

Voilà ce que chante la mer, la mer calme,
toute bleue, avec sa large dentelle blanche.

Le soleil descend. Le ciel est de teinte
tendre encore, au-dessus de jolis nuages
allongés et gris. De minuscules voiles clairs
glissent devant les rochers bruns. Malgré la
brise, il fait très chaud. Nous nous tournons
vers les petites cabines qui se sont rappro-
chées de la mer et qui ont amené un peu
d'ombre devant elles. Au loin, un homme
élégant, tout de gris vêtu, nous regarde, s'arrête, hausse les épaules.

— Père ! murmure Aline. Je l'avais oublié.

— Il s'en va, il n'a pas l'air content.

— Nous serons grondés. Mais je ne regrette
pas les minutes que je viens de passer près
de vous.

Malgré cette bonne parole, je suis tout
penaud. M. Collin a hâté le pas. On voit
qu'il ne tient pas à ce que nous le rejoi-

gnions. Je reconduis Aline jusqu'au bas de l'escalier, qui mène au casino de la ville.

— J'irai vous voir un peu avant sept heures.

— Oui, cela vaudra mieux. A bientôt.

— A bientôt, à toujours !

Et, superstitieux, je m'en retourne rêver près du petit coin de rocher où je venais de connaître la joie d'être aimé. Je ne cherchais pas à m'expliquer la soudaineté de cet amour, ni sa bizarrerie, car je continuais d'ignorer la vie intime de la jeune fille ; je souris :

« Eh ! mais, Aline ne sera pas du tout la femme que je redoutais. Elle doit tenir de sa mère ? »

Mais tout de suite une pensée me peine. Pourquoi ne m'a-t-elle jamais parlé de sa mère ?

Je lui en ferai reproche doucement.

Je n'en veux plus à Dinard. Je n'ai plus peur de demain. Je conterai cette nouvelle phase de mon aventure à mon ami Clément Fargue. Il me rassurera complètement.

Cependant je ne vois pas sans trembler approcher l'heure de ma visite à M. Collin.

— Ah ! vous voilà, monsieur. Entrez donc chez moi.

M. Collin me pousse dans son cabinet.

— Il faut que je vous dise tout de suite que je n'aime pas ces sortes d'enfantillages. Rendez-vous dans les rochers, yeux de carpe, serments d'amour ; tout cela est du vieux-jeu. C'est démodé, et c'est dangereux. Ma fille n'est pas romanesque, du moins je l'espère. Je vous demande donc d'être réservé sur le chapitre des tirades classiques... Au reste, je ne vous empêche pas de continuer à prétendre à sa main. Mais j'y mets diverses conditions. D'abord, il faut me dire très franchement quelle est votre fortune présente, en quoi consistent vos espérances. Je tiens à savoir quelle est au juste votre situation vis-à-vis de M. Lescure, votre grand-oncle, et si vous avez l'intention de vous laisser dépouiller de sa fortune par l'ami Pattelin, qui n'en est pas, je vous en avertis, à son premier héritage. Il en fait métier et il y est passé maître.

Je voulus parler. Je ne savais du reste que

dire. M. Collin étendit la main. Il n'avait pas fini.

— Je veux avoir un gendre qui, sans me ressembler absolument, me continue, me complète, si vous préférez. Je ne veux pas qu'on dise un jour : « Quel drôle de bonhomme Collin a donné à sa fille ! » Je désire entendre tout simplement ceci : « Miral, le gendre de Collin. » Qu'il n'y ait pas d'étonnement lorsqu'on fera un rapprochement de vous à moi. Or, il faut vous secouer. Evanoui, votre rêve du petit pavillon d'Auteuil avec une vieille gouvernante et de jeunes chats. Si vous voulez conquérir Aline, il faut vous faire un autre plan d'avenir. Vous ne vous amuserez pas tous les jours quand vous serez mon gendre. Vous êtes le neveu de Lescure, c'est très bien. Vous ne l'avez pas fait exprès, mais c'est très bien. Vous voulez être le gendre de Collin, c'est une autre affaire : il va falloir retrousser vos manches et ne pas bouder à l'ouvrage. Ne me répondez rien ce soir. Réfléchissez auparavant. D'ailleurs, il est l'heure du dîner. A table et ne pensons plus à tout ce que je viens de vous dire. Vous n'avez même pas besoin d'en parler à Aline.

Heureux, agacé, peureux, énervé, je m'efforçai cependant de rire, de parler, d'oublier. J'avais un sujet : Clément Fargue. Il fut convenu qu'Aline et son père iraient le lendemain visiter avec moi le philanthrope.

Clément Fargue ne me garda pas rancune d'avoir négligé de le prévenir de mon escapade. Il ne m'interrogea même pas sur ma journée. Il dut lire sur mon visage qu'il s'était passé des choses trop importantes et trop personnelles : son intervention eût été indélicate. Je savais pour ma part trop mal la portée que pouvaient avoir ces événements pour rechercher à nouveau les conseils de mon vieil ami.

— Il jugera lui-même, me disais-je.

Les Collin passèrent l'après-midi et la soirée du dimanche à Saint-Lunaire. Il y avait un fonds de tristesse dans les regards d'Aline. M. Collin était nerveux ; sa parole brève, ses petits rires secs indiquaient un souci dont j'étais seul inquiet. J'en eus l'explication un peu avant dîner :

— M. Parnello remet son voyage, me dit Aline. Mon père est furieux. Ne faites pas attention. Nous avons failli ne pas venir.

Fargue, tout à sa fondation, fut un cicerone éloquent et utile ; il prit le silence de M. Collin pour de l'attention.

A dîner, dans un coin de la vérandah du Casino, le « beau veuf » sortit de son mutisme. Il trouvait la philanthropie de Fargue encombrante et risible. Tous ces marmots piailleurs l'avaient énervé, et les discours du brave homme lui avaient parus désespérément vides. Il ne considérait le labeur humain comme légitime qu'à condition qu'il aboutît à un rendement intelligent, c'est-à-dire monnayable. Et, comme il avait l'égoïsme autoritaire, je ne doutais pas qu'il dût, à un moment, dire son fait à mon vieil ami. Mais il savait choisir le temps et le lieu pour sortir ses théories. A table, Paris, en la personne des trois notoriétés boulevardières, lui souriait. Fargue ayant tout dit, se taisait. Aline et moi ne demandions qu'à être oubliés. Collin, dès les mauviettes, parla, de sa voix de beau métal au son duquel les femmes se pâment.

— Monsieur, vous êtes d'un autre temps. Je ne puis regarder votre œuvre et votre personne qu'avec le respect, l'étonnement et le scepticisme de l'homme moderne pour les choses du passé. Oh ! je sais bien ce que vous allez me dire : nous ne considérons pas les choses au même point de vue. Tout est là, en effet. La morale des Lapons étonne les Latins, mais ne les convainc pas. Vous êtes un Lapon.

Clément Fargue sourit. C'était sa façon de répondre aux gens qu'il mésestimait tout à coup. Ce sourire me donna une grande émotion que je m'efforçai de ne point montrer. Le vieil homme de bien avait jugé l'homme de plaisir.

Le fossé, à mesure qu'ils causaient, continuait de se creuser entre eux. S'ils n'eussent été de bonne compagnie, ils se fussent giflés à la fin du repas. Ils étaient l'un à l'autre deux étrangers, sans idées communes ; ils ne parlaient pas la même langue. L'un bâtissait sur le fonds solide et noble du passé, avec un idéal moral. L'autre échafaudait à la hâte une maison mesquine, avec le confort moderne. D'un côté, c'était la bonté, la foi, les grands espoirs. De l'autre la haine, le mépris, la courte religion du désir. Est-ce que le monde irait vers ce néant ? Jadis, les hommes donnaient une âme à toutes les choses, puis ils gardèrent cette âme pour eux seuls ; aujourd'hui, ils se la refusent à eux-mêmes.

J'étais distrait par ces pensées. Aline m'en fit le reproche. Alors, à voix basse, je me confessai à elle : « Jamais je ne pourrais me faire aux idées de son père. J'étais d'une vieille race de petite bourgeoisie. J'étais comme le pommier qui, d'été en été, donne des pommes à jamais dans le même jardin de la même petite ville. Son père était une graine exotique jetée par un vent brusque sur une vieille terre étonnée. »

— Je suis la fleur de cet arbre nouveau. N'aimeriez-vous plus mon parfum ?

— Vous n'êtes pas tout à fait l'étrangère, vous. Votre père ne fut pas seul à vous donner ses qualités.

Mais Aline, hélas ! détourna la conversation.

Autour des petits chevaux, M. Collin abandonna les hautes sphères de la controverse pour bavarder avec le petit pantin des Variétés, le conférencier pour dames seules, le peintre des fjords d'Asnières. Il était mieux à son aise avec ces médiocres esprits qu'intéressent les petits faits et les grands gestes du guignol parisien.

Clément Fargue alla fumer sa pipe sur la terrasse qui donne sur la mer. Il y avait un clair de lune superbe. Aline m'entraîna :

— Jurez-moi que vous m'aimez.

Elle était tremblante et ses yeux montraient une suprême anxiété. Elle avait tout à coup eu la sensation que je devais en avoir assez de ce père trop moderne et que j'allais me dérober.

— Je vous le jure.

— Si vous m'abandonniez, j'en mourrais.

— Je suis à vous. Je ne l'oublierai jamais.

Lorsque nous eûmes accompagné jusqu'à leur voiture M. Collin et sa fille, mon vieil ami et moi regagnâmes en silence notre cottage. Sur le palier de ma chambre, Clément Fargue sortit enfin de son mutisme :

— La fille est très belle et point sotte, peut-être même est-elle bonne. Mais quel père, ah ! mon pauvre Robert, quel père !

Le reste de la saison fut beaucoup moins

fertile en soubresauts. Je vis Aline presque tous les jours. Son père nous autorisa à excursionner à bicyclette avec la belle Margarita arrivée au commencement de septembre avec son père qui se prit d'amitié définitive pour M. Collin. Tous les deux matins, nous nous livrions aux joies esthétiques du tennis; l'après-midi, à l'hygiène inélégante de la natation. Les jours coulaient avec une belle régularité saine. La brune Argentine était toujours débordante de théories et énigmatique. Aline devenait de plus en plus aimante. Son ironie et son orgueil s'étaient fondus et n'apparaissaient plus qu'aux rares moments où mon front se rayait des rides du mauvais doute.

Quant à M. Collin, à peine si deux ou trois fois il me cria :

— Prenez des forces ! Le 1er novembre, retour à Paris et au travail !

Il était tout entier à M. Parnello dont le quasi-milliard l'empêchait de dormir.

XVII

OÙ UN NOUVEL ÉVÉNEMENT JETTE ENCORE DE L'IMPRÉVU DANS L'EXISTENCE DE ROBERT

La vie parisienne reprit les Collin, comme un tourbillon qui entraîne tout. Je fermai les yeux et me jetai à la suite d'Aline. Il fallait prouver au père que je saurais me plier à la vie moderne et avoir de l'énergie continue. Je devins mondain. Je m'efforçai d'avoir de l'esprit et des vêtements de bonne coupe. On me vit partout. Je me levais tôt : « Paris appartient à ceux qui se lèvent de bonne heure. » Je me couchais tard. Mais, au régiment, j'avais emmagasiné des forces pour plusieurs années. J'avais la mine claire, le jarret prompt.

A la façon de tous les amoureux, j'écrivais le compte rendu de mes journées et faisais chaque soir le décompte de mes pensées, le doit et avoir de mes joies et de mes déceptions. Et dès que je voyais Aline, je lui glissais mes petits papiers. Aline n'écrivait jamais. Je ne possède d'elle que des petits bleus guère compromettants. Jamais nous n'échangeâmes de ces menus objets qui attachent insensiblement : portraits, fleurs (« j'ai horreur des fleurs fanées », me disait Aline),

fétiches, rubans, dont s'emplissent les tiroirs des amants romantiques ou des éhontés collectionneurs. Mais Aline prenait plaisir à lire mon journal. Elle y voyait surtout combien je lui étais attaché, soumis, et cela flattait son amour-propre.

Je rapportais tous mes actes à sa personne. Mais parfois j'en profitais pour déguiser, sous des apparences amoureuses, les petites révoltes dont je ne pouvais me déshabituer complètement :

« Voulez-vous que je vous dise, lui écrivais-je, quelle est, à mon sens, la meilleure de ces « heures parisiennes », que l'on chante sur tous les tons, — celle dont on ne parle jamais ?

« C'est l'heure où l'on rentre chez soi.

« On s'est crotté tout le jour au pavé gras et aux conversations d'une foule de hâbleurs, de sous-ironistes et de demi-génies. On a le cerveau farci de mots rances et le pardessus tacheté de boue jaunâtre. Avec quelle joie on s'ébroue dans l'eau fraîche ! Avec quel suprême contentement l'on entre dans ses pantoufles et l'on s'approche de son feu ! Son feu à soi et pour soi : un petit feu clair qui ne doit rien à personne.

« Voici votre ami le plus intime, le meilleur — qui sait ? l'unique — votre fauteuil, votre profond et silencieux compagnon des jours de doute et des soirs d'orgueil. A portée de la main, les livres, les éternels et les tout jeunes : ceux qu'on relit et ceux qu'on va lire. Autour de vous, aux murs, les œuvres familières, sur la cheminée, des tanagras sous un dais de chrysanthèmes ou de mimosas.

« Vous vous barricadez ; les crieurs des rues sont loin, les fiacres roulent sourdement ; vous songez avec un sourire (que personne ne peut interpréter) aux terrasses bruyantes des cafés et au coudoiement malodorant des music-halls.

« Votre horloge sonne lentement. Vous ne comptez pas, mais vous poussez un long soupir. Enfin, seul ! Et alors, contradiction logique, car vous n'êtes pas aussi sauvage que vous voulez bien le dire, vous songez qu'il y a par le monde, par la ville, quelqu'un qui, peut-être, pense à vous au moment même où vous évoquez son image et comme vous ne pouvez l'apercevoir ni lui sourire, vous pensez tout bonnement au temps où vous pourrez « là » voir et lui sourire.

« Car l'heure la meilleure, dans le présent, est celle *où l'on croit* au bonheur à venir. »

Il me semblait que j'étais un autre homme. Le régiment était une aventure très lointaine à laquelle je gardais la reconnaissance d'être la cause indirecte de mon intimité avec les Collin. Henriette, la rieuse, Marcelle, aux bandeaux maniérés ne m'attiraient plus. Je vis sans déplaisir mais sans émotion le nom de Rosella promené par les voitures-affiches de la Scala. J'oubliais même ma petite amie Blanche. Après mes deux ou trois lettres froides de Bretagne, elle jugea sans doute très sage de ne plus me tenir au courant de sa douce existence de créature aimante et frêle. Son silence me soulagea d'un petit remords. Je préférais ne plus lui écrire du tout que de calligraphier à tête reposée des réponses circonspectes et presque menteuses. Aline m'accaparait tout entier. Je n'avais pas même un lambeau de moi à offrir à « mon amie ». Et cependant de combien de confidences douloureuses j'eusse pu meurtrir Blanche !

Dès le retour à Paris, Aline redevint nerveuse et agitée. Les fêtes qu'on donnait à l'hôtel d'Auteuil étaient son œuvre exclusive. Son père se débarrassait sur elle des grandes corvées et elle s'appliquait à le contenter sur toutes choses. D'ailleurs, le bal, la comédie, la musique, les visites, les dîners, les thés-causeries étaient son élément véritable. Elle se mouvait dans le salon ou dans le hall, avec la précision élégante qu'aurait pu imposer seulement une longue habitude si cela n'avait été, on le voyait clairement, une sorte de génie naturel. Je le lui avais dit à notre première entrevue, je ne cessai de le constater avec une admiration effrayée. Toute la maison obéissait à sa baguette de fée moderne.

Sauf le vicomte blond et rose, qui avait rompu pour se consacrer tout entier à une autre héritière, tous les jeunes gens du premier bal continuaient d'être assidus aux réunions de Mlle Collin. J'y fréquentai sans enthousiasme tout le menu fretin de la jeunesse qui vient au bal pour « ne pas danser » et pour rire, au besoin, de ceux qui dansent.

— Mademoiselle, voulez-vous que nous causions cette valse ?

Et ce couple parfait s'en va, devisant des choses de l'amour, et dans cet entretien touchant, ce n'est pas toujours le jeune homme qui se trouve être le mieux au courant.

— Oh ! quelle horreur ! un quadrille, mademoiselle, voulez-vous que nous le valsions ?

Et tandis que des gens moins dans le train essayent d'achever les « figures » en même temps que l'orchestre, la jeunesse très bien bostonne sans façon au travers des « visites » ou de la « corbeille ». Candidement, je n'arrive pas à admirer sans réserve ces jeunes hommes nouveau-jeu, impertinents et stupides, à peine aussi polis quand ils bousculent une dame à qui on ne les a pas présentés, que s'ils faisaient la queue derrière un omnibus.

Le manque d'éducation est devenu le comble du raffinement dans les relations mondaines de la jeunesse contemporaine de ma fiancée.

Ma génération, qui précéda celle-ci, s'obstine à défendre dans ses derniers retranchements la vieille galanterie française, fille de la Chevalerie. Il eût été dans mon caractère d'organiser, chez Aline, la résistance, mais M. Collin ne l'eût pas souffert. Il avait lui-même, d'ailleurs, cette politesse qui côtoie couramment l'insolence si répandue chez les hommes arrivés brusquement à une situation un peu relevée.

Je m'étais fait une silhouette de sceptique accompli. Le côté morose de mes observations ne perçait pas à l'extérieur. J'avais des gestes courts de monsieur très renseigné et auquel on ne peut rien apprendre. J'avais tout un arsenal de sourires dont l'éloquence me ravissait moi-même. Plusieurs fois j'entendis des jeunes gens non dépourvus de jugement, dire derrière mon dos :

— Il est très fort, vous savez !

Je finis par me laisser prendre à mon propre jeu, comme ces comédiens qui pleurent en scène.

« En somme, me disais-je, tout cela est très bien combiné. J'ai merveilleusement mené ma barque. On me rend justice. Je suis devenu, en effet, assez fort. »

Je me crus l'artisan de ma fortune. Je m'octroyais sans vergogne un machiavélisme pouvant aller de pair avec celui de mon futur beau-papa. Je ne riais plus. Je n'avais plus peur. J'étais devenu en quelques mois « quelqu'un ».

Grâce à des renseignements officieux saisis dans une conversation, j'avais tenté un petit coup à la Bourse qui fit sourire M. Collin, mais qui me réjouit et me fit remonter encore dans mon estime.

A la suite de cet incident, le père d'Aline me prit à part :

— Dites-moi donc où vous en êtes avec Lescure?

— Mais cela va tout à fait bien, affirmai-je.

J'avais pris, en face de M. Collin, et à son exemple, une assurance qui lui procurait du plaisir. J'étais d'abord affirmatif, quitte à faire amende honorable à la réalité dès que j'étais seul.

Au fond, chez mon oncle Lescure, rien n'avait bougé. Lorsque les Collin assistaient au déjeuner dominical (je n'ai jamais vu mon oncle en semaine) on me plaçait maintenant auprès d'Aline et je cherchais rarement à accaparer la conversation générale. Les dimanches ordinaires, mon voisin me bégayait toujours des réponses incohérentes.

— Très bon ce muscat.

— L'o-o-mnibus de la Ba-ba, de la Bâas-tille.

Ce qui faisait rire autant de moi que de lui, et modérait l'ardeur toujours renouvelée de ma pitié pour ce malheureux dont l'appétit, du reste, ne souffrait pas l'atrophie de ses deux sens.

Pattelin bougonnait, riait de travers et continuait de me compter pour zéro dans la maison.

Mon oncle, enfin, me complimenta un jour d'avoir gagné les bonnes grâces d'une jeune personne aussi accomplie qu'Aline, puis il oublia complètement de m'interroger sur les suites probables de cette intimité. Ma vie, décidément, n'intéressait ni mon oncle, ni son ami.

M. Collin était revenu à la charge au sujet de l'héritage de mon oncle:

— Surveillez Pattelin ; au besoin, avertissez Lescure. Je vous affirme que le Pattelin n'hésite devant aucun procédé. Il fait le testament comme d'autres font le porte-monnaie. Et cela est moins dangereux que ceci.

M. Collin en parlait à son aise. Comment m'y serais-je pris pour amener mon oncle à me rendre compte de ses dispositions dernières? S'il y était venu de lui-même, je l'aurais plutôt prié de ne pas insister. Cette conversation sur la mort et sur l'argent me répugnait au plus haut point. Eh ! qu'il fasse à sa guise, il ne me doit rien. Sa fortune est bien à lui et s'il veut en faire cadeau à son ami le plus intime, personne n'a de reproches à lui faire. Je vois sa figure si jamais j'osais aborder le sujet... Il sourirait, ouvrirait la bouche et ferait un « ah ! » qui me clouerait sur place, un « ah ! » qui signifierait :

« Il se dévoile, le gaillard ! Voyez-vous la fine mouche ! Il vit dans son coin depuis cinq ans, bien assidu à mes déjeuners du dimanche. Il se laisse rabrouer. Il supporte ce vieil imbécile de X... (le sourd-bègue dont je n'ai jamais su le nom). Tout cela parce qu'il est mon petit neveu, c'est-à-dire mon héritier naturel. Fi ! le vilain ! »

Et il appellerait Pattelin pour mieux rire de moi.

Un soir, je reçus un télégramme qui me plongea dans l'étonnement :

« Mon petit Robert, viens donc me voir ce soir. Je ne suis pas bien. Pattelin est absent et Dominique malade. Tu seras bien gentil. Ton vieil oncle.

« Valentin Lescure. »

Dominique était son fidèle valet de chambre, un vieux maniaque autoritaire et borné. Pattelin et Dominique absents, c'était la maison nette. Mon oncle se livrait pieds et poings liés. Car il était malade d'isolement, j'en étais sûr. Il s'ennuyait dans ses deux confidents ordinaires. Il m'appelait son pis-aller.

Une bonne me fit entrer tout de suite dans la chambre à coucher de mon oncle ; elle avait ordre de ne point me faire attendre.

La tête enfouie dans des oreillers, le visage tourné vers le mur, il reconnut mon pas.

— Merci, petit... Assieds-toi... Pas trop loin de moi... Je veux te parler.

Sa voix était essoufflée ; sa gorge sifflait. Une grande pitié me prit. Il était le seul parent que j'eusse sur terre, il souffrait, il me montrait de l'amitié en me faisant appeler, j'étais ému. Il ne s'y trompa point sans doute :

— Tu m'aimes donc un peu, Robert ?

Et il fit un effort pour se tourner vers moi. Sa barbe n'avait pas été rasée depuis plusieurs jours, sa moustache avait changé de teinte, des mèches de ses cheveux blancs sortaient de son madras, mais je ne vis d'abord que ses yeux qui me disaient sa reconnaissance.

— Tu m'aimes mieux que Pattelin.

Il me tendit une longue main brûlante. Je la gardai dans la mienne et je cherchai à le distraire en causant.

— Avez-vous vu le docteur ? Quelle potion prenez-vous ? Ah ! voici l'ordonnance. A neuf heures, deux cuillerées... Il est temps... Je vais vous les préparer.

— Pattelin est malade, murmurait tout haut le vieillard. Il faut pourtant que je le voie... Pattelin ne m'aime pas autant que je le croyais... Trois lettres que je lui écris ! Et rien, rien. Sa fille est venue... Elle avait l'air embarrassée... Pattelin ne m'aime pas...

— Mais si, il vous aime, mon bon oncle. Il doit être bien malheureux de ne pouvoir venir vous voir...

— Non, il pourrait, s'il voulait.

— J'irai le chercher, demain.

— C'est cela et tu me diras s'il est malade... Tu exigeras qu'on te mène dans sa chambre.

— Reposez-vous. Ne parlez plus. Tâchez de dormir.

— Et toi ?

— Voulez-vous me faire plaisir ? Laissez-moi passer la nuit près de vous... dans ce fauteuil... avec un livre...

— Tu veux bien ? Tu es bon, mon enfant. Je ne l'oublierai pas...

— Dormez, dormez.

Le lendemain, j'allai, dès dix heures du matin, sonner chez Pattelin.

— Monsieur est sorti.

— Comment ! monsieur est sorti ? Je le croyais malade !

Le domestique fit la tête de celui qui vient de commettre une gaffe irréparable. Je n'écoutai pas ses rectifications embarrassées.

— Eh bien ? dit mon oncle, tout fiévreux.

— Il est au lit, une grosse bronchite, comme vous. Son médecin...

— Tu mens, petit, et tu ne sais pas mentir. Tu l'as vu ?

— Non, mon oncle, sa porte est condamnée...

— Sapristi ! je te dis que tu mens. Va-t-en ! Allons, va-t-en ! Tu n'es bon à rien.

Le pauvre homme avait des larmes dans les yeux. Je ne savais comment me sortir de ce mauvais pas. Il fallait, coûte que coûte calmer le malade. Je m'obstinai dans le mensonge. Il finit par y croire et il en fut comme soulagé.

Le jour se passa doucement. Mon oncle me parla de sa jeunesse en Berry, de mon père qu'il avait connu à Paris, de son père à lui, puis de lui-même, de ses travaux en chimie, de ses collègues. Parfois, je ne saisissais pas très bien les relations entre ses phrases, sa fièvre ne faisait que croître.

La nuit fut fort agitée. A chaque instant il m'appelait :

— Petit, ce Pattelin ne m'aime pas. Il n'aime que mon argent...

— Oh ! mon oncle, comme c'est mal juger votre vieil ami !... Lui qui vous a été si dévoué, pendant tant d'années !

— Oui, oui. Il est malin. Aujourd'hui, il n'a plus besoin de venir me voir. Ah ! il me paiera cela. Vieux comédien... As-tu remarqué comme il a la bouche de travers ? Il est laid. Il m'a dit beaucoup de mal de toi.

— Il ne me connaît pas.

— Ça lui est bien égal ! Nous allons lui jouer un tour tous deux, veux-tu ?

Il se soulevait sur son séant et gesticulait. Puis il oubliait la suite de son discours et se mettait à chanter de vieilles complaintes du temps de sa vie au quartier Latin, des refrains grivois qui me tirèrent les larmes des yeux. J'avais beaucoup de peine à le maintenir couché.

Le jour apporta plus de calme dans ses propos. On vint beaucoup demander de ses nouvelles. Je dus recevoir une longue file d'académiciens, de savants, de reporters, et de dames âgées. Les fidèles du dimanche vinrent aussi, et, pour la première fois, me prodiguèrent de sottes prévenances. Personne n'osait prononcer le nom de Pattelin. Un mystère planait. La fille du faux bonhomme revint :

— Vous allez oser entrer, Madame ?

— Pourquoi pas, Monsieur ?

Je ne voulus pas assister à l'entretien. Il fut bref. Elle sortit furieuse, traversa en coup de vent la salle à manger où se tenaient plusieurs intimes. Ils se regardèrent, et il y eut un remous de sympathie vers moi. Ces gens croyaient bonnement que j'avais supplanté l'Ami.

J'étais rompu de fatigue.

Aline arriva vers cinq heures ; elle me complimenta et me plaignit. Son père m'encouragea :

— Un dernier coup d'épaule. Parlez du notaire.

Le soir, j'osai enfin prononcer le mot :

— M. Collin m'a demandé quel était votre notaire. Je lui ai dit que je n'en savais rien...

— C'est Ramallon, rue du Quatre-Septembre. Tu iras le voir demain matin... Quel livre lis-tu là, petit ? Tu aimes les livres. Ma bibliothèque sera à toi. Tu es content. Tu ne connais que celle de Paris ; j'en ai une autre à la campagne, je te la donne aussi... Et puis je te donnerai bien autre chose...

La voix était devenue d'une grande douceur, mais très faible. Le grand vieillard n'avait plus la fièvre. Il me regardait avec amitié. Il s'endormit vers minuit. Tout courbaturé, je m'installai à son chevet. Puis le voyant si calme, je ne résistai plus à prendre un peu de repos.

Au petit jour, je m'éveillai. Mon oncle n'avait pas bougé. Ses mains étaient le long de son corps, sur les draps, ses yeux étaient fermés, son visage grave. Il était mort...

Mon oncle Valentin Lescure était commandeur de la Légion d'honneur. On lui rendit les honneurs militaires. Cinq discours furent prononcés sur sa tombe. Je conduisis le deuil, à pied, jusqu'au Père-Lachaise. Aux poignées de mains que j'échangeai, je compris vite que le vieux savant avait beaucoup d'admirateurs. M. Pattelin ne parut pas.

Le lendemain, j'étais convoqué chez le notaire. J'y appris que mon oncle possédait deux maisons à Paris, cinq à Meaux, dix fermes en Normandie et un château près de Corbeil. Sa fortune en titres, se montait à un million six cent mille francs. Pattelin était légataire universel. Un seul paragraphe me concernait.

« Je lègue, au petit Robert, le fils de Raoul Miral, ma maison de la Roseraie en Berry. C'est là qu'il est né ; c'est là que sa mère est morte. »

Pattelin n'était pas venu assister à la lecture du document qu'il connaissait pour l'avoir dicté à mon oncle en 1875. Je compris pourquoi il ne tenait point à revoir le vieillard et à lui faciliter la refonte de ce vieux testament.

Quand je me présentai chez M. Collin, le soir de ce jour, il me fit entrer brusquement chez lui :

— Eh bien, vous êtes content ?

Il savait la nouvelle de mon dérisoire héritage. Il ne prit pas garde à mon étonnement.

— Qu'est-ce que vous pensez faire, maintenant ?

— Mais...

J'eus la sensation de l'approche d'une grave catastrophe. Je ne pus articuler aucune parole. Il ne me laissa pas le temps de me remettre :

— Vous n'avez pas pris de décision ? Eh bien ! moi, j'en ai pris une. Ma fille pouvait épouser le neveu de Lescure. Elle n'épousera pas Monsieur Miral.

Il s'était levé et me reconduisait lui-même jusqu'à la grille de son hôtel.

— Adieu, Monsieur.

XVIII

OÙ ROBERT S'APERÇOIT QU'IL NE FUT PAS IL SEUL A « GUIDER SA VIE »

Je renonce à consigner ici les détails de ma vie pendant le printemps et l'été qui suivirent cette courte scène chez M. Collin. Cela fait l'objet d'un gros manuscrit qu'on trouvera dans un tiroir secret de mon secrétaire. Ce document humain ne sera jamais publié. Mes enfants, si j'en ai, et mes petits-enfants pourront le lire et s'y instruire.

Je fus d'abord atterré. Je pris des rues, au hasard, et j'errai, tout le jour, dans les allées étroites du bois de Boulogne. La brutalité de ce père dépassait toutes mes prévisions les plus pessimistes. J'étais allé, loyalement, lui annoncer tout de suite ma déconvenue : j'arrivais avec cet ennui grave certes, mais aussi avec un vrai deuil dans le cœur. Cette mort m'avait ému profondément. Mon oncle avait eu un bel enterrement, mais il était parti avec une grande désillusion que, malgré toutes mes précautions, je n'avais pas su guérir. Ma haine pour Pattelin venait moins de sa captation éhontée que de cette lâcheté dernière envers l'amitié.

M. Collin n'avait rien deviné de cette émotion ; il avait vu le notaire, appris ma déchéance et décidé, en un instant, qu'il ne pouvait plus y avoir rien de commun entre lui et moi. Je compris que sa colère ne venait pas de la fortune perdue (il ne savait pas l'oncle Lescure aussi riche), mais surtout de mon infériorité manifeste en affaires d'intérêts. Il avait dit un jour à sa fille qui me le répéta :

— Quand l'oncle sera mort, nous tâcherons d'obtenir que le nom de Robert soit modifié. Miral-Lescure, Lescure-Miral. Cela fera bien. Lescure est un homme de haute valeur. Il aura sa statue. Mais pour que nous en profitions, il faut que Robert hérite des terres de son oncle. Fais-le lui comprendre.

Ainsi, ce qui avait guidé M. Collin, c'était l'amour du décor, la gloriole. Il voyait tout en façade. Il ne prit pas garde aux sentiments de sa fille. Ma « maladresse » me ridiculisa définitivement à ses yeux.

— Adieu, monsieur.

Et, cyniquement, avant que j'aie le dos tourné, il était entré dans le pavillon du concierge :

— Ce monsieur ne rentrera plus chez moi.

La colère aurait dû me saisir, et j'aurais été en droit de légitime défense. Mais tout cela me parut d'abord si stupide, si invraisemblable que je soulevai mon chapeau poliment et m'éloignai sans proférer la moindre insulte, sans élever la plus timide objection.

Toutes mes angoisses se portèrent vers Aline. Qu'allait-il arriver de ce côté ? Justement parce que son caractère avait des rapports avec celui de son père, il y aurait sans doute un choc violent. Deux orgueils, deux volontés allaient entrer en lutte. Le père sortirait vainqueur, la fille aigrie. Et je serais la cause de ce nouveau malheur. J'avais beau me disculper : « En somme, ils m'ont attiré chez eux. Plusieurs fois, j'ai voulu me dégager. Ils m'ont imposé cette intimité. Ils savaient où ils allaient, qui j'étais. Je ne suis coupable que de mollesse. »

C'était là, en effet, le point douloureux, et je le constatai avec pitié. J'avais cru diriger ma vie et toute ma conduite avait été dictée, soit par Aline, soit par M. Collin. Je n'avais été qu'un déplorable fantoche.

Et je me surpris à ricaner tout haut.

« Allons, allons, pas de désespoir vulgaire. Regardons venir les événements. »

Et je regagnai Paris.

J'eus froid chez moi, et je me mis à pleurer en relisant les derniers feuillets de « mon journal » à celle que, depuis bientôt six mois, on m'autorisait à considérer comme ma fiancée ; ils dataient de mes veilles près de l'oncle à la pauvre négligence duquel je devais ma douleur présente. Je ne songeai pas à lui garder de la rancune. Je tournai les pages lentement, pieusement, comme s'il se fût agi de l'œuvre posthume d'un camarade très cher, mort incompris et malheureux. J'y disais ma confiance, mon amour. J'y peignais mon oncle tout remué de bons sentiments à mon égard. Naïvement, je m'y complimentais de ma discrétion, récompensée. Les dernières lignes auraient fait hausser les épaules de M. Collin.

« Je tombe de sommeil. Pardonnez-moi. Il me semble que, maintenant, ma tâche est remplie. Mon bon oncle vient de s'endormir, apaisé, guéri peut-être. Il refera son testament demain, et je crois que mon nom y sera à la place d'honneur. Il me rend enfin justice. Sa parole me sera sacrée, et, s'il devait mourir avant de réaliser son dernier désir, je ne lui serais pas moins reconnaissant. A demain, ma chère Aline. Je vais faire de beaux rêves, en votre compagnie. »

Aline n'a pas lu ces feuillets, Aline ne les lira jamais. Je fis un petit trait sous mes « beaux rêves », et je commençai une nouvelle page toute de stupeur et de souffrance. Puis j'entrepris d'exhorter Aline à la patience, à la sagesse. Je me sentais capable d'attendre des années pourvu que je sache que cette constance ne lui doive pas porter préjudice.

J'écrivis toute la nuit.

Pourquoi attendis-je fiévreusement le lendemain matin l'arrivée du courrier? Il ne contenait pas de lettre d'Aline. Un mot d'un notaire du Berry m'avertissait que « ma » maison de Bonnelles n'était pas louée depuis deux ans, et il m'engageait fort à venir la visiter.

Je me sentis seul, à jamais.

Toute la semaine, je restai cloîtré. Mes livres ne me tentaient pas. De vieilles fleurs moisissaient dans les vases. Je parcourais les journaux sans goût. L'agitation d'autrui me faisait mal. Le front aux vitres, je prenais pitié des passants qui se hâtaient vers leur tâche ou leur passion.

« A quoi bon, pauvres gens? Ne marchez pas si vite. Il y a la mort au bout du voyage, pire que la mort, l'oubli. »

Et le mot de Byron me revenait :

« *Away! away!* Quelle dérision! »

Un soir, un ami me força de m'habiller et m'entraîna au théâtre. Tout de suite, comme par magie attractive, mes yeux se portèrent vers une loge d'avant-scène, occupée par les Collin et les Parnello. Ma main trembla sur le pommeau de ma canne. Du fauteuil que j'occupais, on pouvait difficilement m'apercevoir. Je me calmai peu à peu et je me mis à regarder.

Les deux jeunes filles étaient sur le devant de la loge : Margarita, froide, indifférente, plus belle que jamais; Aline, maigrie, le visage dur, les yeux fouillant la salle.

M. Parnello et M. Collin avaient le même air fat et ennuyé. De temps en temps, ils échangeaient une parole, comme on se passe une corbeille de fruits, à table, avec des gestes mécaniques. J'eus comme un malaise à contempler leur sottise hautaine, leur détresse d'esprit misérable. Mais l'apparition d'Aline m'inquiétait bien davantage. Ses jumelles faisaient méthodiquement le tour de l'orchestre. Elle allait arriver à mon rang.

Soudain, elle m'aperçut; nous en reçûmes le même choc douloureux. Sa main froissa le programme qu'elle tenait. Ma main se crispa sur le bras de velours du fauteuil. Mon ami me dit :

— Assommante, en effet, cette pièce, mon cher; allons-nous-en!

— Oh! oui, allons-nous-en!

Je ne pouvais supporter le regard d'Aline, un regard méchant autant qu'interrogateur, et dont je ne pouvais deviner le sens exact. Je ne comprenais pas le reproche insensé qu'il me lançait. « Lâche! Lâche! » Puis, ce fut de la pitié. Les épaules d'Aline, eurent un mouvement imperceptible et puis, elle se tourna vers sa voisine et ricana bruyamment, nerveusement.

Dehors, je me remis un peu. Je marchai de long en large devant le théâtre. J'expliquai en deux mots la situation à mon compagnon peu perspicace.

— Le père va certainement venir fumer le quart d'une cigarette sur le seuil de la terrasse, pour montrer sa Légion d'honneur et son banquier exotique. Je veux lui dire deux mots. Car, certainement, il m'a calomnié auprès de sa fille. Le voici.

M. Collin m'avait aperçu. Il venait à moi, la main tendue. Je vis trouble; je touchai la main froide de l'homme qui brisait ma vie.

— Mon cher monsieur Miral, il ne faut pas essayer de revoir ma fille. Elle a été un peu étonnée de votre disparition soudaine. Mais elle se remettra vite. Aline est une femme de luxe. Elle vit chez moi sur un pied de trois cent mille francs. Si elle vous épousait, je ne lui donnerais pas un sou. Et vous n'avez même pas de quoi l'habiller convenablement. Votre passion ne durerait pas un an. Croyez-moi. Vous vous en rendrez vite compte, et Aline vous sera reconnaissante plus tard de votre retenue.

Je fis piteusement, en quelques phrases, l'histoire de mon amour. Je dis le danger de heurter une volonté aussi nette que celle d'Aline, et je cherchai à prouver l'énergie nouvelle qui me pousserait le lendemain de son consentement à lui, Collin.

— Monsieur, vous ne me connaissez guère, décidément. Je ne reviens jamais sur une résolution. Je mettrai ma fille au couvent, s'il le faut, pour deux ou trois ans. Surveillez-vous, et si vous apprenez qu'elle a fait quelque sottise irréparable, ne vous en prenez qu'à vous-même. Je ne vous en veux pas. Votre obstination manque un peu de noblesse, mais j'espère que le calcul n'y est pour rien. Allons, monsieur, un coup d'éponge...

Je passai la semaine à ruminer le discours de M. Collin. Au fond, il me prenait pour un petit coureur de dot, du même acabit que tous les autres jeunes gens de son entourage. Il faut avoir une grande inconscience pour poursuivre ouvertement de ses assiduités une demoiselle nantie de millions; il faut avoir un courage extraordinaire. Et je pense que les riches héritières sont bien mal partagées sous le rapport de l'amitié loyale. Mes piteuses petites rentes et ma maison en province n'étaient pas un garant suffisant de ma droiture en amour.

Je n'avais aucune espèce de façon de communiquer à Mlle Collin la solution que son père m'avait suggérée : l'épouser sans dot et de force. Ma proposition aurait fait sourire la fille aussi bien que le père, et il n'était que trop vrai qu'Aline supporterait à peine quelques mois l'obligation de prendre des omnibus et de passer l'été dans un village qui n'a pas de nom dans les annales de l'élégance.

Enfin la menace du couvent m'atterrait.

« Je m'immolerai donc » fut ma conclusion. Je n'y arrivai pas sans mélancolie. Mon amour du sacrifice me paraissait, en la circonstance, une absurdité, une sottise, — une offense à ma probité.

Les hasards de la vie parisienne me remirent plusieurs fois en présence de M. Collin et de sa fille. L'attitude d'Aline variait à chaque nouvelle rencontre. Ses yeux, parfois, plongeaient dans les miens comme pour m'arracher mon secret. D'autre fois, elle avait l'air d'être au courant de tout et de me demander pardon de son impuissance. Elle passait de la résignation à l'indifférence. Elle en arriva assez rapidement à ne plus chercher à me découvrir dans la foule. Un jour, aux Courses de Chantilly, elle me vit et détourna brusquement la tête, toute à sa conversation avec l'inséparable Margarita. Le lendemain, jour de vernissage, les Collin et les Parnello s'installèrent à deux pas de ma table, chez Ledoyen, et, à la dérobée, mais avec insistance, Aline me regarda, et je vis à un moment qu'elle avait des larmes dans les yeux.

L'été vint. Les Collin partirent pour Os-

tende. Je l'appris par les journaux mondains.

Je n'avais aucune envie de quitter Paris. J'avais peu à peu repris mes habitudes de travail : « Aline et moi sommes encore jeunes. Tout n'est point perdu. Si j'arrivais à me faire un nom, M. Collin changerait certainement d'avis en mon égard. Au travail. *Away ! Away !* »

Et la Bibliothèque Nationale recommença de voir venir à elle, chaque matin, un bon jeune homme, souriant et sombre tour à tour, mais plein d'énergie.

J'avais un but. *Les bienheureux immortels*, a dit le sage, *aident le mortel persévérant*. Et mon philosophe préféré me souffle : « La seule chose sérieuse et formidable dans la nature, c'est une volonté. »

« Dieu sait où m'eût conduit cette résolution si je n'avais lu, vers le mois d'août, cet écho de journal :

« On annonce les fiançailles de M. Ludovic Collin, le grand industriel, et de Mlle Margarita Parnello, la fille du richissime banquier. Le mariage se fera en même temps que celui de Mlle Aline Collin avec le baron Auguste Leench, attaché d'ambassade, fils du diplomate célèbre. »

Cette fois, le doute ni l'espoir n'étaient plus possibles.

XIX

OÙ ROBERT FAIT UN RÊVE SI DOULOUREUX QU'IL
LE PREND POUR LA RÉALITÉ

Je rêve peu et mal. Mes nuits sont calmes et désertes. Parfois, un cauchemar, court et baroque, dont je ne me souviens que par petits morceaux bêtes, et c'est tout. Je m'éveille et je ris. Mais tous les soubresauts de ces dernières semaines avaient malmené ma pauvre tête. Un soir, je m'endormis très tard et tout fiévreux. Le Baudelaire que je lisais m'échappa des mains, posa sur ma poitrine, et je vécus, minute par minute, pas à pas, cette journée atroce :

C'était le matin. Je me réveillais avec un bon projet dans la tête, le projet de revoir coûte que coûte ma douce confidente de l'an passé, ma petite Blanche aux yeux de prière. Je me lève à la hâte; je ne m'attarde pas à la toilette, comme j'en ai pris l'habitude depuis l'autre hiver.

Blanche n'a que faire de mes apprêts et des fioritures mondaines. Mais j'arbore à ma boutonnière la fleur de ma petite amie, un minuscule bouquet de violettes. Blanche devinera tout de suite, ainsi, que ma pensée lui revient et elle sera bien heureuse, je n'en doute pas. Elle me pardonnera aussitôt mon long silence.

En fiacre, je fus très humble. J'imaginai ma prochaine rencontre avec ma petite silencieuse :

— Blanche, je n'ai plus que toi. Tout le monde m'abandonne.

Elle, ne relevait pas l'égoïsme laid de ma phrase. Ses yeux me disaient :

— Moi, je ne vous ai jamais oublié. Je vous attendais.

Je sors la tête par la portière :

— Voyons, cocher, plus vite. Je suis pressé.

Je me frotte les mains.

— C'est une heureuse pensée que j'ai eue ce matin.

Mais, je me calme soudain :

— En somme, le père de Blanche ne me connaît pas. S'il allait ne pas vouloir me faire entrer chez lui, ou bien, tout simplement, s'il allait ne pas savoir qui je suis.

Plus cérémonieux, je mets mes gants. Je m'applique. Je veux produire une bonne impression. Alors, j'indique au cocher un chemin qui allonge :

— Je vous prends à l'heure.

Comme le fiacre ralentit, le courage me revient :

— Blanche a dû raconter à son père tout notre petit roman amical de Saint-Cloud. Imagine-t-on Blanche avec un secret pour son père !

Et, tout de suite, j'aperçois le visage loyal du père Baraud. Il a des lunettes dorées et un col droit, peu empesé, avec une large cravate noire à double tour. Il tient dans une main les intestins de cuivre d'une pendule, et dans l'autre, son petit bonnet grec. Derrière lui, Blanche bat des paupières pour chasser de grosses larmes indiscrètes.

Un arrêt brusque ; me voici arrivé.

J'examine l'entrée, curieusement, comme si je désirais graver en moi des détails. Il y a une hotte de porteuse de pains appuyée sur le seuil et un petit garçon qui pleure à tue-tête. Je vois un chien s'enfuir avec une tartine. Je lève la tête pour voir le numéro de la maison ; j'aperçois trois écriteaux d'appartements à louer.

— Pourvu que le père Baraud n'ait pas déménagé !

Mais, au même instant, je me souviens du mot de Blanche : « Je suis née et j'habite encore rue des Dames. » Je me rassure.

« La concierge est dans l'escalier », dit une pancarte graisseuse. J'appelle.

Le trou de la cage répond :

— Qu'est-ce que vous demandez ?

— M. Baraud habite bien toujours ici ?

Alors la voix molle et lourde me répond, une voix qui me tombe d'un étage sur les épaules, comme un seau d'eau glacée :

— Oh ! non, monsieur, depuis la mort de sa pauvre demoiselle, il s'est retiré à la campagne.

Je chancelle, butte dans le gosse qui piaule plus fort. Me voici sur le trottoir. Je me sauve comme un malfaiteur.

— Eh bien, patron, crie une voix, vous m'oubliez ?

C'est mon cocher.

Je monte dans la voiture. Il était temps. Les larmes me serraient le cou à m'étouffer.

— Allez n'importe où !

— Au cimetière, si vous voulez, ricane la canaille enrouée.

— Vous avez raison. Conduisez-moi au cimetière Montmartre.

Cet homme goguenard m'avait dicté mon devoir.

J'arrive à la porte de la rue Caulaincourt. J'entre chez le gardien.

— Pourriez-vous m'indiquer où se trouve la tombe de Mlle Blanche Baraud ?

— Vous avez la date du décès ?

— Non.

— Ah ! bien, ça ne va pas être facile ! C'est-y cette année ou l'autre ?

— Ah ! cette année, cette année. Il y a quelques mois à peine.

— Bon, bon. Quel âge avait la défunte ?

— Vingt ans.

A chaque question brutale ma douleur augmente. Enfin l'homme trouve. Il me donne un papier où il a indiqué le nom de l'allée principale, le numéro de la rangée, le numéro de la tombe. Et il ajoute :

— Mais vous savez, jeune homme, il y a douze mois qu'elle est morte, votre bonne amie.

Douze! douze mois! Ce chiffre me bourdonne dans le crâne comme un glas. J'ai vécu douze mois, depuis la mort de Blanche, sans me douter du terrible événement. Quelle brute je suis! Mais c'est impossible. Il y a douze mois, nous nous voyions encore. Il y a erreur. Je me précipite vers l'allée. Je m'arrête d'instinct devant la tombe fatale :

BLANCHE BARAUD

MORTE A VINGT ANS

Priez pour elle.

Je reste figé, les yeux secs, méchants. La tombe n'est pas entretenue. Il n'y a pas que moi qui oublie : le père aussi, le père qui doit être tranquillement à se rôtir les pieds sur les chenets tandis que sa fille est ici toute glacée! Deux petits pots, de chaque côté de la grille qui entoure la pierre, ne présentent plus que les restes piteux de fleurs, dont on ne reconnaît même pas l'espèce. Je me penche avec piété vers ces pauvres tiges moisies. Des deux pots poussent des touffes de petites feuilles luisantes. Et, comme elles se mettent tout de suite à fleurir, je vois que ce sont des violettes blanches, messagères de l'abandonnée, qui me sourient. Je me sens pardonné; je ne suis plus malheureux.

Oui, j'en suis certain, Blanche ne m'en veut plus. Elle s'est toujours contentée de si peu de chose. Ma visite au cimetière doit lui faire un plaisir qui durera longtemps, qui durera toujours.

Je la vois.

Dans un coin écarté du bois élyséen, elle est assise parmi les violettes, ses fleurs préférées, ses petites sœurs parfumées. Elle est toute de blanc vêtue. Ses yeux sont toujours de claires fenêtres ouvertes sur l'azur et, souriante, elle relit mes lettres de jadis. Car la vie future doit consister en la perpétuelle répétition, délicieuse ou atroce, de certaines heures passées : les bonnes, au Paradis, et les mauvaises au Purgatoire.

Blanche, silencieuse et retirée, sera éternellement heureuse de son petit bonheur de cette terre.

Je pense ainsi, je porte mes mains à mes lèvres et je me retire lentement. Dans la petite allée, une pie, sautillante, me poursuit et me crie un gros mot. Elle a la même voix que mon cocher goguenard. Je force le pas, mais la pie volète derrière moi. Alors je ramasse une pierre et la lance dans la direction de l'oiseau moqueur. Le projectile manque son but et atteint le verre bombé d'une couronne mortuaire. Il se brise avec un bruit strident et en même temps je me trouve plongé dans une sorte d'obscurité puante. Mes mains sont moites et froides, et mes jambes ne veulent plus avancer.

J'étais réveillé.

Ma lampe fumait près de moi, le verre brisé.

L'abat-jour avait roulé sur le plancher.

Pendant un lourd moment, je crus à la réalité de mon mauvais rêve. Mais, tout à coup, je m'écriai :

— Ça n'est pas vrai! Blanche vit! Ça n'est pas vrai! ça n'est pas vrai.

Des larmes de vraie joie m'inondèrent les joues. J'éteignis la lampe démoniaque et j'enfonçai ma tête dans mon oreiller, où, riant, pleurant, nerveusement, je me rendormis.

A mon réveil, je résolus d'aller voir Blanche le jour même. Mais, de peur de revivre certains épisodes de mon cauchemar, j'écrivis une longue lettre au père Baraud, en lui demandant l'autorisation d'aller voir sa fille et lui-même, le lendemain.

XX

OU L'ON VERRA QU'UN CAUCHEMAR PEUT CÔTOYER QUELQUEFOIS LA VÉRITÉ

Le lendemain, je me rendis à pied, rue des Dames.

J'avais oublié mon cauchemar, j'avais oublié mes six mois d'ingratitude, j'oubliais même mon grand défaut qui consiste à forger rapidement de l'avenir avec les frêles matériaux de mon imagination optimiste et, tout en trottant d'un air calme, j'échafaudais mon prochain mariage avec mon amie Blanche... Oui, je l'épouserais tout simplement. C'est ce que j'aurais dû faire tout de suite, il y a un an. Je n'avais pas de famille pour me déconseiller cette union.

Un père raisonnable m'aurait dit : « Elle n'est pas riche, et son père est un petit horloger. » Une mère eût ajouté : « Elle tousse beaucoup. » Avec mon illogisme complaisant, je me disais tout seul, répondant à d'imaginaire observations :

— C'est parce qu'elle est pauvre, de petite extraction et de mauvaise santé que je serai son mari. Elle a besoin d'être entourée de soins et d'amitié. Je la connais, je sais son cœur. Nous serons heureux... Et puis, elle m'aime.

Et j'organisai ma petite maison d'Auteuil. Il y aurait un jardin parce que Blanche aime les fleurs, et beaucoup de livres dans mon cabinet de travail ; et, lorsque Blanche cueillerait des fleurs, je la regarderais, et, lorsque je serais plongé dans mes livres, Blanche me regarderait. Nous serions l'image vivante de la bonne entente fraternelle inaugurée à Saint-Cloud. Chacun de nous serait intimement lié aux pensées de l'autre. C'est en travaillant avec amour pour quelqu'un qu'on arrive à travailler pour la postérité.

Blanche serait la plus exquise épouse qui se puisse rêver. Frêle, souple, toute mignonne avec des roseurs soudaines si délicieuses, elle avait la franchise de l'âme simple qui ne craint pas le mal qu'elle ignore, elle avait la confiance droite de l'être pur.

Celle que j'avais aimée, Aline au rire bruyant, et son salon, s'effaçaient de ma mémoire comme une caravane bariolée qui a retenu votre admiration un moment, s'éloigne dans la poussière du chemin et vous laisse, avec, seulement, dans les yeux, l'éclair des paillettes, et, dans les oreilles, la danse aux tambourins sonores.

Blanche réapparaissait et, tout à coup, je redevenais son ami fidèle. J'étais sincère. Mon égoïsme obligeant arrange vite les événements à son avantage et plus encore à l'avantage de l'élue du jour. Mes idées subites sont les myriades de fourmis qui sortent de leur maison forestière démolie d'un coup de botte, et qui ne savent, dans leur merveilleuse activité, que rebâtir, que réparer le dommage au lieu de se lamenter.

Je n'admettais pas d'objections. Tout s'arrangeait très bien. Je n'étais pas assez riche pour Mlle Collin, je l'étais très suffisamment pour Mlle Baraud. Aline aurait voulu bouleverser ma vie pour me faire « arriver ». Il m'eût fallu préparer la croix, une Académie, le Sénat, peut-être, et qui sait ? un ministère, comme on bûche en vue d'un concours. C'était la servitude pour toute l'existence, la servitude dorée. Blanche, c'était le bonheur, le vrai, celui qui est fait de résignation, de fidélité à son caractère, de calme, de culture intime, de doux silence, de pitié humaine.

Dans mon petit cottage, je pourrais rallier mes pauvres idées en désarroi qu'avait effrayées l'éclatante intrusion de la jolie millionnaire ambitieuse. Je pourrais retourner en arrière, biffer une année de mon existence, année encombrante, prétentieuse. Pas inutile cependant, puisqu'elle aurait servi à m'ouvrir les yeux.

Paris grouillait autour de moi. Je montais la rue des Martyrs. Je n'étais pas pressé. J'étais sûr de moi, de Blanche, et du sort qui m'attendait. J'aurais récité de mémoire toute notre prochaine conversation.

Cette année écoulée nous aurait, tous les deux, fortifiés pour la lutte à venir.

Je n'hésite pas aux bifurcations de la route. Dès qu'il se présente un nouveau chemin devant moi, je m'y engage d'un pas allègre avec la certitude que tout concourt à m'y pousser. J' « organise » avec la logique ingénieuse d'un poète impénitent. Je m'impose : je suis le collaborateur obstiné de la Providence qui me rit au nez. Je veux à toute force enfourcher la cavale rétive qui a nom Demain, dont les ruades passées ne m'effarouchent plus.

C'était pendant le mois atroce de la fête foraine. Le bruit mat des tirs, les cris des marchandes, le piston et la grosse caisse des baraques, l'odeur de la graisse brûlée et de l'aigre crottin des fauves, le tohu-bohu grinçant et valsant des manèges, le coudoiement indélicat des passants, toute cette effervescence malpropre et brutale m'excitait. Mes pensées bouillonnaient, se précipitaient, éclataient, se métamorphosaient, à l'unisson de ce concert désordonné.

Toutefois, je n'étais pas indifférent au spectacle de la rue. Incorrigible badaud, je m'arrêtais devant l'estrade d'un cirque, sur quoi l'on exhibait une petite équilibriste aux bras rouges et maigriots, mais dont les jambes étaient harmonieusement dessinées, et qui regardait, avec une fierté et un dédain amusants le tas des curieux, la tête tendue vers elle, mais obstinés à ne pas faire un pas vers les marches et vers la caisse... Je fis une autre station au jeu de massacre, établissement suranné qui n'attire plus guère que les petites bonnes à qui il rappelle les foires du pays. De gentilles ouvrières s'obstinaient à vouloir renverser une vieille demoiselle en qui, certainement, elles reconnaissaient l'image de leur patronne. Elles prenaient une revanche et riaient sans façon de leur peu dangereuse espièglerie. Quand elles me virent si attentif à leur manège, elles lancèrent en silence les deux ou trois dernières balles et, se prenant le bras, s'éloignèrent rapidement, redevenues sérieuses.

J'arrivai place de Clichy.

Sans plus penser, sans plus regarder, d'un dernier effort, je me dirigeai vers la demeure de Blanche.

Il y a des choses qui ne changent pas.

Je n'étais jamais venu jusqu'à la rue des Dames. Je m'en étonnais. Puis, tout de suite, je reconnus la maison. Voilà la boutique du père : *Horlogerie Baraud*, et sur la porte vitrée, *Sarlat, successeur* : voici celle de la fille, une saison : *Au bouquet de Parme*. L'horloger et la fleuriste avaient changé, les horloges et les fleurs étaient les mêmes que jadis. Cela avait un air sage, propre, honnête. Les gens qui vivaient là, ni ceux qui viendraient ensuite, ne feraient jamais fortune, mais ils seraient heureux, très probablement. Le quartier a l'air d'un petit coin de province. Les fiacres ne s'y aventurent qu'en petit nombre. Les enfants jouent dans le ruisseau.

J'eus un petit frisson en ne voyant pas le concierge dans sa loge. Je dus appeler, comme dans mon rêve. Mais une petite porte s'ouvrit sous l'escalier, et un cordonnier, le tablier au ventre, apparut :

— Monsieur Baraud, s'il vous plaît ?

— Au troisième, à gauche, monsieur.

Je respirai. Cependant, je fis plusieurs petites haltes aux divers papiers. Je ne parvenais plus à fixer ce qui allait arriver. La minute d'après celle que je vivais m'échappait. Je me sentis timide et honteux. Comment allait me juger cet homme que je ne connaissais pas ?

Encouragé par le rythme d'une valse qui venait du troisième étage, je tirai le cordon de sonnette, un pied de chevreuil fort usé. Le piano ne cessa pas de jouer, ce qui m'intrigua. Un pas ferme d'homme s'avançait vers moi.

— Entrez donc, monsieur Miral.

La voix me plut ; je serrai bien franchement la main qu'on me tendait, et j'entrai.

Un court corridor obscur, puis je fus introduit dans une petite pièce toute longue qui aboutissait à une fenêtre dont les rideaux étaient relevés afin que soient éclairés plus vivement les objets étalés sur une minuscule table : ressorts, mouvements, boîtiers, pinces, aiguilles, fioles d'huile, etc.

— Je vous dérange, dis-je en montrant les compagnons favoris du vieil horloger.

— Mais non, mais non. Et je ne suis pas fâché de faire votre connaissance. Blanche m'a souvent parlé de vous, l'an dernier.

— Comme va Mlle Blanche ?

— Très bien, très bien. Mais asseyez-vous donc ! Donnez-moi votre chapeau.

Je me laissai enlever mon chapeau sans déplaisir. Je me sentais dans une maison amie.

— Mademoiselle votre fille n'est pas ici ?

— Non, non. Vous ne la verrez pas aujourd'hui.

— Elle est à Saint-Cloud ?

— Oh ! non. Mais, dites-moi, il y a longtemps que Blanche ne vous écrit plus ?

— Ah ! oui ! longtemps, bien longtemps... C'est de ma faute ! Mais nous avons été bons amis et je ne l'ai pas oubliée... Je serai heureux de la revoir...

— Ne deviez-vous pas vous marier ?

— Oui, je devais..., et puis le projet n'a pas tenu.

— Bah !... Eh bien, Blanche le redoutait... elle m'a dit un jour : « Ce pauvre M. Miral aime une jeune fille qui le rendra malheureux s'il l'épouse et même s'il ne l'épouse pas, ce qui pourrait bien être. »

— Cette bonne petite Blanche !... Votre fille mérite d'être heureuse, elle, monsieur Baraud et elle rendra heureuse qui elle épousera...

M. Baraud commença à sourire, puis s'arrêta, devint grave.

— Monsieur Miral, vous souvenez-vous d'une de vos lettres à Blanche où vous disiez: « Mariez-vous, mon amie, épousez un brave garçon qui ne soit pas si compliqué que moi » ?

— Oui, je me rappelle…

M. Baraud se taisait et me regardait; il avait peur de me causer un chagrin trop brusque. Il voulait m'amener de moi-même à deviner ce qu'il avait à m'apprendre. Il reprit:

— Si elle avait suivi votre conseil ?

— Elle est mariée ! m'écriai-je. Dites, monsieur Baraud, Blanche est mariée ?

— Eh! oui, mon pauvre monsieur Robert, elle est mariée.

J'étais atterré. J'avais tout prévu, même la mort de Blanche, sauf ce mariage. Le papa Baraud ne fut pas choqué de mon égoïsme, car cet égoïsme, à ses yeux, dénonçait un autre sentiment qu'il comprenait bien : l'amour que je paraissais ressentir pour sa fille. Alors, il me conta l'histoire de ce mariage, d'un ton tour à tour mélancolique et satisfait :

— A la noce d'une de ses amies, elle avait pour cavalier un petit jeune homme aussi timide qu'elle, aussi blond qu'elle, aussi doux qu'elle. Ils se plurent tout de suite. Peu bavards l'un et l'autre, ils bavardèrent à qui mieux mieux. Il voulut m'être présenté, et, profitant d'un moment où Blanche s'était éloignée, il aborda tout de suite la question, comme un poltron qui devient téméraire. « Eh là ! eh là ! lui dis-je, vous vous emballez bien vite, jeune homme ! — Monsieur, c'est la première fois que cela m'arrive, mais je crois que je ne m'en repentirai pas. J'ai un emploi assez bien rétribué, j'ai même de petites économies. Mes patrons sont satisfaits de moi et ma mère sera contente si j'entre dans une famille de braves gens. Car, vous êtes de braves gens, je le sais. » Il avait pris ses informations et les amis de Blanche avaient fait son éloge et le mien par-dessus le marché. Paul (il s'appelle Paul) revint tous les jours de la semaine suivante. Je résistais, pour la forme. Blanche devenait moins triste. Je finis par céder à cause d'une circonstance, et vous me comprendrez: Paul devait partir pour le midi, gérer une succursale de sa maison de Paris. Blanche et Paul se sont

mariés à la petite église des Batignolles, il y a trois mois, et ils habitent Grasse.

J'avais repris conscience de moi durant le récit de M. Baraud, que je scandais de petits mouvements de tête approbateurs. C'était encore de l'irrévocable à accepter. Je le fis sans récriminer. Je fus même sincèrement heureux de savoir Blanche en bon air sain et chaud.

— Ah! tant mieux! m'écriai-je. Le Midi la guérira, la pauvre petite. Et je suis sûr qu'elle doit bien aimer son Paul.

— Oui, je le crois. C'est la loyauté même, ma Blanche ; d'ailleurs, vous la connaissez. Les Vouriot, à Saint-Cloud, n'étaient pas son affaire. Je l'envoyais chez ma belle-sœur pour qu'elle respire l'air du parc et pour qu'elle ne soit pas trop loin de moi, mais, sauf l'année de votre séjour dans la maison, elle n'aimait guère à s'y rendre. La tante Vouriot ne l'a jamais comprise ni aimée.

— Elle va bien, Mme Vouriot?

— La pauvre femme… pas trop… Vous ne savez pas son histoire?

— Non.

— Je ne veux pas lui jeter la pierre, mais elle a bien cherché ce qui lui est arrivé. Elle a épousé son Albéric. Le ménage a tout de suite mal tourné. Ils se battaient comme plâtre. Un beau matin, en se réveillant, Aglaé a trouvé un petit papier sur la table de nuit : « J'ai bien l'honneur de vous saluer. Ne vous inquiétez pas de moi. J'emporte de quoi vivre. » Il était parti avec le magot, dix-huit mille francs. Ma belle-sœur a vendu son fonds et elle tient une petite buvette du côté des Halles.

M. Baraud et moi n'avions plus rien à nous dire et, cependant, je ne me décidais pas à partir. J'avais l'effroi insurmontable de ma solitude nouvelle. L'idée me vint d'inviter à dîner le père de Blanche.

— Vous êtes bien aimable, mais je suis un vieux maniaque. On va me monter mon dîner tout à l'heure. Je n'ai plus d'appétit au restaurant. Cependant, si vous voulez partager mon menu frugal, j'en serai flatté et très content.

— Eh bien, c'est entendu. Je vais m'occuper du dessert et du vin.

— A sept heures précises, hein ?

— A sept heures.

Je revins avec un pâté, des fruits, une tarte

et de poussiéreuses bouteilles, et nous nous attablâmes comme de vieilles connaissances.

— Il faut faire contre mauvaise fortune bon cœur. Il ne faut jamais désespérer de la vie. Il convient d'avoir tous les matins un courage tout neuf.

Le père Baraud me prodiguait des conseils réconfortants, des encouragements au travail.

— Il faut avoir de la décision. Que diable! vous avez été soldat. Pas de pleurnicheries. Soyons hommes. A votre place, j'irais voir ma petite maison des bords de l'Indre.

Au courrier de huit heures, une lettre de Blanche arriva et nous ne pûmes retenir notre émotion en la lisant. Elle racontait ses dernières journées, en détail, un voyage à Marseille, le mistral. Un passage me donna un frisson : « Comme nous étions à table, à la terrasse de l'hôtel Christine, un régiment passa, et cela m'a fait penser à Saint-Cloud, au 129ᵉ, et à... Mazeppa. Mon mari lit par-dessus mon épaule, et me demande ce que c'est que ce Mazeppa! Oh! le vilain jaloux! Mazeppa, monsieur, c'est un tableau, un tableau que j'ai bien aimé pendant longtemps, qui commence à n'être plus aussi net dans ma mémoire, mais auquel je garde une place pour toujours dans mon cœur... »

— Ma petite Blanche! m'écriai-je en laissant couler une larme sur ma joue; je ne t'oublierai jamais, moi non plus.

— Allons, allons, monsieur Robert, à votre prochain mariage, et au bonheur de Blanche!

— Oui, c'est cela, au bonheur de Blanche!

Mais lui aussi, le vieux père, avait les yeux mouillés. Je ne sais pas qui des deux, à ce moment-là, aima le plus la petite absente.

Nous prolongeâmes la soirée; la conversation ne tarissait pas. La vie entière de Blanche défila à mes yeux, depuis son enfance, que j'ignorais, mais qui avait été toute semblable à son adolescence. Blanche avait toujours eu de jolis yeux bleus, des joues qui rougissaient et un bon cœur.

— Elle donnait toutes ses poupées, disait le père.

— A moi, elle donna toutes ses pensées.

XXI

Lorsque je débarquai du train à la petite gare de Mers, dans ma douce province du Berry, nul vieux domestique ne m'attendait avec des larmes dans les yeux. Je fis à pied les deux kilomètres qui séparaient la station du village de Bonnelles, but de mon voyage. Le notaire, qui me remit les clés de ma maison, ne me parla pas de mes ancêtres qu'il n'avait point connus. Il me dit simplement :

— Il y aura beaucoup de réparations à faire.

Et je m'acheminai vers la Roseraie.

Mon cœur bat davantage à mesure que j'approche de l'endroit du monde où j'ai vu le jour. Je vais chercher sans guide la maison qu'on me montrait quand j'étais tout petit : « Regarde, Robert, la maison de ton oncle Valentin. C'est là que ta maman est morte. »

Elle y mourut en effet, à dix-neuf ans, et mon père devait la suivre de près. Ils ne me donnèrent pas le loisir de les aimer. Mon père avait, à cette époque, l'âge que j'ai maintenant et ils m'apparaissent comme une sœur et un frère que je vais revoir. Dans le jardin peut-être vont m'étreindre les mêmes émotions qu'ils y eurent tous deux, ce printemps unique qu'ils vécurent l'un près de l'autre et dont je suis né.

C'était en 1870, avant la guerre.

Ma mère se présente à moi, toute mince, avec des yeux gris, des cheveux noirs, en bandeaux et une robe bleue à crinoline. Elle était née à Bonnelle, à deux maisons de la Roseraie : si bien que sa vie tient dans l'espace que l'on découvre du haut de la colline de Montipouret. Ses parents l'élevèrent près d'eux. Ils avaient coutume de se promener sur la petite route qui part de l'église et monte jusqu'à la forêt. Ils aimaient aller à la pêche, le long des prés de l'Indre, coupés de larges haies. Un matin, on emmena ma mère pour un pèlerinage à la Châtre. Ce fut son plus long voyage.

Mon père vint. C'était le petit-fils d'un bourgeois de Bonnelle, Guillaume Miral, qui sur le point de mourir l'avait fait appeler près de lui pour lui léguer les revenus modestes d'une petite terre.

Les deux familles étaient amies. Les jeunes gens se plurent. On les maria à la petite église. Comme ma mère était un peu frêle, on recula le voyage de noces projeté. Ils ne quittèrent pas le pays. Ils louèrent à l'oncle Valentin sa petite maison de la **Roseraie** et sourirent une année à la vie. Je naquis et ce fut le bonheur pour tous. Ma mère, cependant, allait avoir une convalescence un peu longue. D'avoir les joues blanches, elle était plus belle que jamais et ses fins bandeaux encadraient des regards languissants qui donnaient de grosses émotions à tout le monde.

La guerre éclata. Mon père partit et ma mère mourut de ce départ. Un mois après, mon pauvre père se faisait tuer aux avant-postes.

La petite maison avait clos ses volets, puis mon oncle Valentin l'avait louée à toutes sortes de gens dont je ne savais pas et dont je voulais ignorer le nom.

J'avais un grand désir de croire que j'allais pouvoir respirer un peu de cet air ancien qui avait frôlé les lèvres pures de mes parents.

Mes récentes émotions, cette sorte de double veuvage qui m'endeuillait se liaient aisément à ces nouvelles pensées. Jamais je n'avais songé avec tant de précision à la mort de ce grand jeune homme blond et de cette fillette grave et douce dont je possédais les portraits jaunis et qui étaient mon père et ma mère.

Je reconnus la maison.

Le notaire m'avait remis trois clés.

La première ouvrait la grille du jardin qui était toute enguirlandée de vigne vierge et de clématites. Les allées étaient toutes vivantes d'herbes et de plantes potagères égarées. Ce détail n'était point pour me déplaire. Il avait suffi de quelques mois à la nature pour mettre mon jardin au point de sauvagerie que je désirais.

Il y avait des roses aux rosiers, roses naines en bordure aux massifs, roses aristocratiques dont le nom est écrit sur de petites planchettes jaunes attachées à l'arbuste, roses blanches en grappes, de celles qu'on appelle Bouquet de la Mariée, en dais somptueux, au-dessus du seuil de la maison

— Le Bouquet de la Mariée! pauvre maman...

La seconde clé ouvrait les volets de la porte d'entrée de la maison et les roses blanches, sous mon effort, me couvrirent de pétales odorants et caresseurs.

J'ouvris les fenêtres; je fis le tour des pièces qui étaient vides. Aucun meuble, nulle gravure oubliée; aux murs, des papiers anonymes et trop modernes pour me donner de l'émoi.

La troisième clé m'intriguait. Je l'avais en vain essayée dans plusieurs serrures. Elle n'ouvrait pas de porte, nul placard. Désespérant de l'utiliser, je pensai qu'il me faudrait la reporter au notaire qui me l'avait sans doute remise par erreur.

La Roseraie devait son nom au jardin qui précédait la maison. De l'autre côté, un petit enclos descendait vers la rivière. Je m'y acheminai sans hâte à travers l'enchevêtrement des vieux poiriers dont les branches noueuses semblent avoir la goutte, des lilas défleuris, des noisetiers aux feuilles qui râpent, des treilles envahissantes. Des touffes de violettes blanches et de violettes mauves avaient envahi les carrefours, et les fraisiers lançaient à travers le sable des allées de longs bras explorateurs.

C'était mon domaine, je m'y aventurais timidement, avec piété, comme pour gagner la sympathie de toute cette végétation saine et riante. Ces arbres et ces fleurs allaient être mes nouveaux amis. Près d'eux, je cultiverais mes souvenirs et pourrais songer courageusement à demain. J'étais heureux déjà de les voir si nombreux et si attentifs. Certainement, ils m'épiaient, et dès que je serais éloigné ils allaient se chuchoter la grande nouvelle : « C'est le nouveau maître; il n'a pas l'air gai, mais il ne doit pas être méchant. »

Je m'arrêtai un instant sous une petite tonnelle de chèvrefeuille qui s'amusait à refleurir en mon honneur, puis je continuai de descendre vers la rivière.

A l'ombre d'un grand marronnier, s'arrondissait un kiosque rustique, fait de troncs d'arbres réunis par du torchis jaunâtre; le toit de chaume était couronné de fiers iris violets. Le loquet ne céda pas à ma pression. Je songeai à la clef. J'eus comme une hésitation à en faire usage : la rouille dont elle était rongée annonçait qu'elle n'avait pas dû servir depuis très longtemps.

La porte gémit; je franchis le seuil et tâtonnai vers la petite fenêtre, pour en pousser les contrevents.

Ce fut d'abord un étonnement, et la crainte me saisit de rêver ce que je voyais. Un long canapé clair, arrondi, occupait la gauche de la pièce. Des fauteuils de bois, à demi vêtus de toile grise et rose, lui faisaient face. Au milieu, une table était couverte de romans d'Alexandre Dumas et de vieilles revues de la fin de l'Empire. Il y avait un encrier noir et vide, de la poudre d'or dans une coupe, et des crayons de couleur. Les murs étaient garnis d'ustensiles de pêche. Il y avait aussi un cor de chasse et des filets à papillon. Dans une minuscule commode, dont je visitai les tiroirs en tremblant, je découvris des ouvrages en broderie, des pelotons de laine, un hochet et, tout au fond, sous des collections de feuilletons découpés, un album de photographies.

Aucun locataire, sans doute, depuis la mort de mes parents, n'avait eu la jouissance de ce pavillon, et personne n'y avait pénétré depuis vingt-cinq ans. Tout était poussiéreux, moisi, mais l'atmosphère était intacte. Je m'étais découvert, inconsciemment. Le culte du passé c'est le respect de ce qui a été, où l'on puise des forces pour bâtir l'avenir. Je renouais, dans cette petite chapelle désaffectée, ma vie d'aujourd'hui à ma vie enfantine.

Les grelots du hochet sonnèrent comme la clochette du petit enfant de chœur dans le silence de l'église, et j'avais des larmes aux yeux en maniant une mince pèlerine bleue, à capuchon, qui pendait à une patère, derrière la porte.

Je restai longtemps à tourner les lourdes pages de l'album où défilaient devant moi les vieillards en longue redingote et les dames aux robes à crinoline qui étaient mes aïeux. Je vis mon père enfant, jeune homme, fiancé. Ma mère m'apparut depuis le berceau jusqu'à son lit de souffrance. Je souris à plusieurs oncles Valentin. N'était-ce à pas lui que j'étais redevable de la forte émotion de cette journée?

Jusqu'au soir, je ne quittai pas le kiosque. Par moments, j'allais m'accouder à l'appui de la fenêtre et regardais couler l'Indre dont l'eau, à cet endroit, est profonde et transparente. Le jour tombant me surprit dans cette contemplation. Comme je me levais pour reprendre conscience du présent, je vis une barque s'avancer. Un homme, en veston gris, ramait avec méthode. Deux dames étaient assises à l'arrière, la mère et la fille, sans doute. Tout à coup, le rameur me vit et ne put retenir une exclamation. Il en parut tout de suite un peu confus et il me salua. Ses compagnes l'imitèrent : la mère sourit en s'inclinant, la jeune fille eut un regard étonné qu'elle ne détourna pas en me rendant mon salut.

Je tirai les volets en battant des paupières, comme pour me prouver que je n'étais pas le jouet d'une vision et je regagnai ma maison, puis le village, en quête d'une auberge.

— Vous êtes M. Robert Mirall s'écria la bonne femme qui me servit à dîner. C'est i' Dieu possible? Ah! c'est bien, ça, de revenir habiter le pays. C'est bien... Ah!... Ah!... C'est pourtant vrai que vous ressemblez à votre pauvre père! Alors la maison est à vous? Tant mieux! tant mieux! Ils sont tous partis, vos pauvres parents. La mort emporte trop tôt les gens, des fois.

Le jour suivant, aidé de deux ouvriers bavards et réjouis, je déballai les caisses et les meubles que j'avais expédiés de Paris la semaine précédente. Je pris possession de mon logis... Puis je parcourus Bonnelle. Je ne me souvenais pas d'avoir jamais ressenti pareil calme.

Les rues, qui n'ont pas encore de noms, sont propres, chacun était chargé de l'entretien de son trottoir et de la chaussée avoisinante. Sur la place de l'église, les poules picorent, des enfants jouent à la marelle. Voici un cheval qui s'en revient, tout seul, de l'abreuvoir, en philosophe. Un chant guilleret part de cette maison; je m'approche : c'est un menuisier ébouriffé qui varlope gaillardement tandis que trois marmots, assis dans les frilons, sont occupés à mordre de larges tartines beurrées. Plus loin, c'est un sabotier qui siffle en creusant des sabots de bois dur : un merle, monté sur sa cage d'osier, lui répond, tout en gobant des mouches.

On me regarde, on me reconnaît, on me salue. Que Paris me semble loin, me semble laid, me semble vain ! Le sourire est revenu dans mes yeux. Je serre des mains inconnues et confiantes.

Mon hôtesse devient plus bavarde; elle cherche à me confesser. Pour la consoler de ma discrétion, je l'interroge:

— Hier, j'ai vu un monsieur, une dame et une demoiselle, point laide, ma foi! se promener en bateau. Qui donc est-ce?

— C'est M. Jény.

— M. Jény?

— Ça ne vous dit rien, ce nom-là? M. Jény est un ancien notaire de la Châtre. Sa femme est de Bonnelle. Ils n'ont qu'une fille, Mademoiselle Rose, oh! une perle! D'ailleurs, on peut le dire, ce sont de braves gens. Ils ne sont pas riches, riches, mais ils sont à leur aise. C'étaient des amis à feu Monsieur votre grand-père. Je crois bien même que vous vous cousinez.

— Vous êtes sûre?

— Oui, oui, je me rappelle maintenant. M. Blanchon, le père à votre mère, était marié à une dame Vilvault. Les Vilvault et les Jény avait un oncle commun, M. Lelong, l'ancien sénateur...

— Ah! oui.

Je me perdais dans les détails. Ceci seulement piquait ma curiosité: « Je cousinais avec les Jény! »

— Si bien, monsieur Robert, dit finement la mère Louise, que vous pourrez vous présenter sans façon chez eux. Ils vous recevront bien. C'est du bon monde.

Le troisième matin, on me remit une lettre dont l'enveloppe portait des surcharges d'adresse. Je reconnus l'écriture enfantine de Blanche.

« Mon ami Robert, je ne sais où cette lettre ira vous trouver. Je voudrais que ce soit en un endroit où vous êtes heureux. Je pense souvent à vous. J'ai le droit, n'est-ce pas? J'aime bien mon mari et ce n'est pas le tromper que de me cacher de lui pour vous adresser un bonjour amical. Que devenez-vous? J'ai envie aujourd'hui de vous envoyer des conseils. Le mariage m'a donné beaucoup de sagesse. Vous avez bien fait, en somme, de ne pas vouloir m'épouser. Je ne vous en ai jamais voulu, d'ailleurs. Mais, maintenant, je m'explique les raisons qui vous guidaient et auxquelles j'ai obéi sans le savoir. Je n'étais pas du même monde que vous. Vous n'auriez pas rougi de mon père ni de moi, parce que vous êtes bon. Mais mon père et moi aurions souffert de ne pouvoir satisfaire toutes les petites aspirations qui sont en vous, sans parler des grandes. Je vous vois ouvrir de grands yeux devant mes grands mots. Petite Blanche lit beaucoup, elle s'instruit. Elle n'est plus une petite bécasse qui ne savait que rougir et sourire... J'arrive à mes conseils. Il faut vous marier. Il faut vous marier en province. Ce que vous avez souffert par cette vilaine demoiselle Aline, je m'en rends bien compte maintenant. Elle non plus n'était pas de votre monde. Vous étiez trop compliqué pour moi, trop loyal pour elle. Je m'explique mal. Je veux dire que j'avais trop de cœur et elle pas assez. Est-ce cela, hein? Il vous faut une femme pas sotte, mais bien élevée selon les vieux principes de votre bourgeoisie. Une femme comme... oh! pardon, j'allais écrire le nom d'une héroïne de roman et je me souviens à temps que vous détestez l'auteur. Le livre est peut-être mal écrit, mais cette Madeleine-là est la femme qu'il vous faut. Elle aime la musique et le bon Dieu. Elle aime les bois et le coin du feu. Le monde ne lui fait pas peur, mais elle ne l'aime pas par-dessus tout. Elle est jolie, assez coquette, mais sait être grave quand il convient. Ami, épousez Madeleine. Si vous avez des filles, donnez à l'une d'elles le nom de Blanche et envoyez-moi le faire-part. Madeleine ne sera pas jalouse de cela, car elle est intelligente et bonne. »

Je lis la lettre de Blanche dans le petit pavillon aux reliques. Le souvenir du régiment me hante et me regaillardit. Je pardonne à l'ingrate Aline. Je suis touché de la bonne pensée de ma petite amie. C'est sa mémoire qui fleurira ma solitude.

La barque des Jény passe; je n'ose me montrer.

Cependant, demain, j'irai faire une première visite à mes cousins et puis...

Et puis, qui sait?

IMPRIMERIE ....
CORBEIL ....